非通

救猫咪
Save My Cats

张君怡 / 著

四川文艺出版社

图书在版编目（CIP）数据

救猫咪 / 张君怡著. -- 成都：四川文艺出版社，2025.4. -- ISBN 978-7-5411-7239-7

Ⅰ. I247.5

中国国家版本馆CIP数据核字第2025NY0496号

封底图片：凡·高，《向日葵》，1888 年
图片来源：维基公共领域（Wikimedia Commons）

JIU MAO MI

救猫咪

张君怡 著

出 品 人	冯 静
责任编辑	张雁飞　周 轶
装帧设计	李 扬
责任校对	文 雯
责任印制	崔 娜

出版发行	四川文艺出版社（成都市锦江区三色路238号）
网　　址	www.scwys.com
电　　话	028-86361802（发行部）　028-86361781（编辑部）
照　　版	四川胜翔数码印务设计有限公司
印　　刷	成都东江印务有限公司
成品尺寸	130mm×185mm　　　开　本　32开
印　　张	9.25　　　　　　　　字　数　190千
版　　次	2025年4月第一版　　　印　次　2025年4月第一次印刷
书　　号	ISBN 978-7-5411-7239-7
定　　价	52.00元

版权所有·侵权必究。如有印装质量问题，请与出版社联系更换。028-86361796

献给我逝去的猫咪。

目　录

引　子　　　　　　　　　　　001

第一部分　救弗里达·卡罗　　007

第二部分　救黑格尔　　　　　077

第三部分　救凡·高　　　　　149

第四部分　救白居易　　　　　213

附　记　　　　　　　　　　　281

不是基于广泛调查而写成的非虚构作品,
也不是虚构的思想实验。
只是我切身经历的现实,有关猫咪的生命伦理难题。

这是小说吗?
可以叫自叙小说,也可以理解成散文,没有关系。

我是一张待写的白纸,生活才刚刚开始。

* * *

而那些状况,我们后来才明白,是我们正要在此记述的一系列重大事件的前兆。

——加缪《鼠疫》

引子

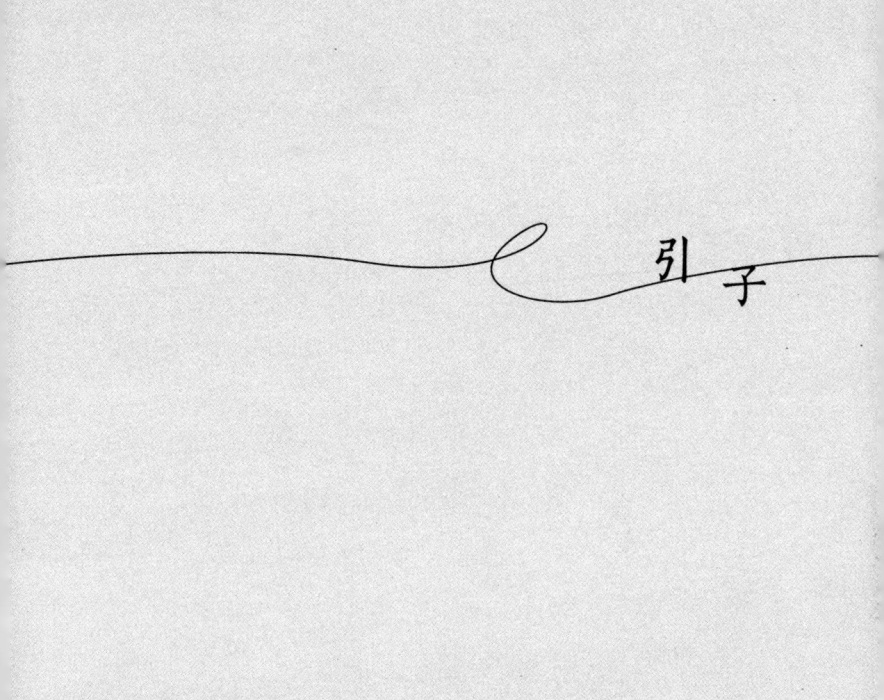

2020年，在北京租住的房子里，有暖气的冬天。或者，也是生活得以继续的特殊年末：

放松了警惕的人们重新走上街头，跨进地铁，也拥入商场、影院和餐厅……脸对着脸奋力聊天，仅隔着挂满水珠的口罩，弥补过去一年缺失的话语。

人与人之间变得疏离，却也无限地拉近。很多远远发生的事情，生动得近在咫尺。一些身边的事却仿佛陌生。

就是在这样的冬天，一系列严重的小事发生了，对他人来说无关紧要的事。一种于人类无害的、看不见的病毒，侵袭了我们的小房子，让我感到切身的痛。

猫瘟，这个突如其来的杀手，带走了我家三只猫的生命。

我与男友租住在北京积水潭附近，一个逢雨便淹的伤心地，楼下是电影资料馆。我们曾与四只猫一起在此生活，那是我们已成过去的新生活，是我们家里猫最多的时候，也是短暂的、我却最愿意回忆的时候。

然而很快，房间变得空荡荡的，像是半夜的地铁站口。我们仅剩下一只猫。

那一系列小事，也许不值一提，对我却异常重要。

打开电脑，我试图将记得的都写下来。以为自己能如呕吐般写下这一切，写完会舒服很多。可我发现没那么简单。

整个事情从开始到结束不到一个月，三只猫死亡的时间集中在一周。而要把这件事清晰表达出来，却不是三言两语可以做到的。我不想仓促敷衍地陈述。

要有足够的长度，也要有耐心与韧性，也许少写一句就会引起误会，多写一句就会使人反感。

可我不能不写。除了自我纾解，也得把坦诚放进去，剖析我的自私与过错。每一环节的真实、情感、细节，都能得以梳理，都变得通透……

再次与这如齿轮般环环相扣的事件较量，是我现在唯一能做的，也愿意做的。让事件更立体地呈现在纸面上，投入文字构成的旋涡：救自己，也救一切。

我想的是继续生活的可能。

在宠物医院的病房与家之间往返，初识生活的残酷，一次次被磨砺的我，将抵达哪里？

此时初尝生活之味的我，也才刚开始学习写作，不懂技巧与结构。我毕业于建筑学专业，很难分得清散文和小说。而男友写了十几年，他告诉我：

"写作是相对公平的，人人都能试着去写。若不会技巧，就穿过修辞，避免被词语的表象所惑。寻找生活中的动因，为其赋形，抵达内心的精准。写作可以殊途同归。"

我想起一个心理上近似的场景。我捕捉动因，审视动因。那是十年前高三备考时，我逃课去看《泰坦尼克号》。当时的我很喜欢看电影。

影厅被各式各样的海报贴满，像是一艘虚假的巨轮。卡梅隆作品重映的海报贴在正中。

钻进影院，一片漆黑。我只能看到一对情侣，在银幕反射的微弱光线中靠在一起。

轮船的轰鸣通过两侧的音响传到耳中。

银幕上的人愉悦地谈生意、歌唱、舞蹈，巨轮擦过冰山，没人相信船会沉没。此时，海水已渗进船底，船开始倾斜、下沉……海水撞击船板，逐渐猛烈，直到音响像要被劈开。海水在一层层吞噬巨轮。

我就坐在黑暗里。

投射的光线中竟透出了水雾，蒸腾。我的发梢湿润了。我的椅子是一块木板，浮在海面上，被海水击碎以后下沉。有水声由脚底传到头皮。低头看，脚下是流淌的海水。

"救命！——"我听见了呼救声。那声音出现在真实的影院里，像孩子的呐喊，微小却清晰。

我挺直身子，在黑暗中张望。银幕上的人都忙着逃离这艘船，以求自救。到处都是声音。

我站起身来，没看到任何人，更没有孩子。只有前面的那对情侣，还保持原来的姿势，似乎未觉异样。

我低下头，地是干的，鞋也是干的。

海水中孩子的呼喊——这场景我后来时常回想起，也总感到动容。电影与拯救，是我捕捉到的两大动因。

在北京的几年，我一直试图跨考电影学院。我努力投入生活，以各种方式实践我的选择，如拯救巨轮……

拯救具象的猫咪，何尝不是拯救宏观的巨轮？我想。

"你已经找到了，去推演自己的路径，"男友说，"把这'小张亲历记'写下来吧。"

这就是我写作的契机，我要沿着这两个词，去探寻生活的可能性。我似乎可以写作了。

我记起一本编剧技巧书的名字，叫《救猫咪》，我在备考影视专业时读过。这本书与电影有关，书名字面的意思，也恰好概括我的救猫事件。

我把题目借过来，将我想写的事联结在一起。

救 弗里达·卡罗

2020年11月26日，一场陌生寒流后的第六日。距离我们从积水潭地铁站捡到卡罗，也才过去六天。

我再次坐在离家不远的宠物医院里，医生去取化验单。窗外正迅速变黑。我面前的会诊桌上，卡罗在稍显局促地走动，看着还挺有精神。至少比在家时活泼，愿意走动了，不过神情带着呕吐后的憔悴。它戴着伊丽莎白圈，走到桌边，探头探脑向下望。又缩回来，把三花毛色的背部对着我，像个移动的瘪肚花瓶。

我猜测它想跳下去——卡罗正不安地徘徊。

它在用眼睛估算从桌面到地面的这段距离。昨天，卡罗在家中隔离的三层大猫笼里，也有过类似行为。猫喜欢跳上跳下，这是它们的生性。顶多从太高的地方跃下时会停顿两秒，是为了蓄力，很少会这样犹豫不决。

我要不要把它抱到地上呢？抱到地上会舒服一点儿吗？我不知道，只是坐在椅子上，没有付诸实践。

我只知道卡罗今天一整天没有进食了，还吐了几次。

应该是肠胃问题吧？之前体检过没有大病，那就是小问题。我这样说服自己。

我在等一个看似有把握的结果。

哪怕当医生推门出现，将那张陌生的化验单递到我面前时，我都没敢往最坏处想。

我也根本想不到，什么情况是最坏的。

"依照指标看，"他点着化验单，停顿一下，"可能活不过今晚。"

"猫瘟，建议放弃治疗。"医生说。

不，我分明早就带它体检过了！

在捡到卡罗的第二天，我带它来过这家医院。那时卡罗对周围的一切都感兴趣，逢人就蹭，随地撒娇，一次能吃下两个罐头。也是那时，医生拿着体检结果，用潮湿的南方口音对我说："没有任何问题。"

当时我相信了。到现在，我也继续相信。猫瘟，分明体检过的，怎么还会得？

我不相信此时医生给的结果。卡罗不会有什么病，它不会有猫瘟，更不会死！它还在桌上走动着。

医生向我解释，猫瘟的潜伏期为七到二十天，潜伏期的病毒量虽小，但也具有传染性。等病毒累积到一定量，才会在试卡上体现。也就是说，在感染的早期，试卡是测不出来的。

体检的结果竟然会不作数，这简直难以置信。若要在体检结果与眼前的推断中选择，我肯定直接选择前者。

"人类感染病毒，也是一样。"他说，"病毒很狡猾。"然后拿出一支笔，在纸上圈出那些蓝色与红色的指标，告诉我这是卡罗低得可怜的白细胞指数，这是它高得吓人的SAA与平均红细胞血红蛋白浓度……

蓝色，是偏低的指标；红色，是偏高的指标。两种颜色，就算不圈出来，在纸上都已很醒目了。

那是我第一次看到这样的数据，一时无法听懂医生在说什么。

只知道那张化验单上，正常数据都应该是黑色墨迹。而现在，一半都是蓝色与红色。我也不知道，医生说的每项异常到底偏离正常多少。

到底有多异常呢？我后来才知道，任何一个异常指标，对于这小生命来说，都已意味着死亡。

我的眼神紧跟他手上的笔。笔尖流出的墨迹，似乎搅动了我心脏的血管，线条在纸上绕得凌乱。

窗户外面晚高峰行车的声音、鸟群的声音，医生口中的声音、纸上写字的声音，渐渐，都被挡在耳膜之外。我只能看到画面在无声地交织，只能听到自己心脏的钝响。

而这代表生命的钝响，越敲越锐利："嗡——"

卡罗还是下定决心，趁我大脑放空时跳到了地面。如同在桌上，继续不安地徘徊走动。

我把目光从化验单挪到它身上，确认它的存在。一方面怀疑医生在骗我，因为卡罗仍活生生的，就在我面前；另一方面又觉得，各项数据这样清晰，"应该不会出错的"。

可我控制不住地去想象：再过一会儿，卡罗就会变成一具冰冷的、周身包裹着绒毛的尸体。

此刻它在我的视线里移动，只是越来越模糊。我感到诊室的椅子，反射着让人眩晕的银色光泽。

我的泪水在眼眶里。慌张，想要一个帮我出主意的人，但害怕又盖过了慌张。我怕到几乎麻木。

我害怕死亡，从没近距离地接触过死亡。有一种高强度的负重压在了心脏上，我突然被压到透不过气。

不自觉地，眼泪未经过双颊，直接坠落地面。

我看到视线中的卡罗停下了，它看上了诊室的猫爬架。卡罗还像健康的猫一样，寻找目标。它戴着伊丽莎白圈，试图朝猫爬架的第二层跃去。

猫爬架的二层是个猫窝，有个猫脸形状的洞口，卡罗想从洞口穿过去，可它不知道脖子上的颈圈，比洞口大了一倍。跃起的同时，颈圈撞在洞沿上，整只猫掉在了地上。缓慢地站起身子后，似乎还不甘心，又凑过去，用鼻子碰了碰猫爬架。也许在闻这个害自己摔倒的家伙是什么味道。

是伊丽莎白圈害得它摔倒，不是猫瘟。它看起来没那么糟糕，对吧？我安慰自己。

这时我才想到掏出手机，给还在工作的男友打电话。他刚开完会，还得二十分钟才下班。

"会救活的。"他说。

"哪怕救不活，也要救。"他又强调。在北京晚高峰时打车，可能不如步行。他准备下班就跑着过来。

卡罗放弃了猫爬架，钻到医生办公桌底下的角落，小心谨慎地趴好。

我想起林熙，她是与我们一同在地铁站发现卡罗的人。也就是一周前的事情。那时，她坐在地铁站口的侧边台阶上，已把这只流浪猫抱在怀中。可她家的猫太多了，我们聊了几句，卡罗就被我与男友带回家里。

我有必要，或者说必须，把这件事如实告诉她。

我重新从口袋里掏出手机，在上面编辑文字。写了又删，写了又删。我不知该怎么向略陌生的人传达噩耗，最后只简单发了句："卡罗得了猫瘟，医生说非常严重。"发完后，便盯着手机发愣，等着对方回复。

不过几秒，她直接打来语音电话。

林熙与我一样，根本不信这个诊断："体检过没有猫瘟的，怎么又有了？你换一家医院吧。"

我听到了她的建议，还没来得及回应，就又听到呕吐的声音。是三段抽搐式的呕吐声，比猫正常呕吐更急促，比在家时更猛烈。脑子里一根绷紧的弦颤抖起来，我更具象地，听到了厄运的声音。

我从椅子上站起来，蹲到桌下。

卡罗确实吐了——它仍旧趴在原位，面前有一摊冒泡的黄水。很薄，几乎只有水。它的爪子尖浸在呕吐物里，眼神呆滞、涣散，丝毫不想把那爪子收回。

呕吐后的卡罗，看上去立马憔悴了好几倍。比起上午，更是憔悴了几十倍。

附近还有没有宠物医院？我们还来得及转院吗？也许它已失去转院的体力。

那时的我还不知道，很多猫咪疾病的最终阶段，就是一次次的呕吐。无论是猫瘟、肠胃炎，还是胃肠型感冒，很多猫咪都是在一次次呕吐中死亡的。

* * *

捡到卡罗后，我们让它住进一米多高的三层大猫笼，连猫带笼隔离在书房。计划是它到家后的一两周，先与家中的原住民猫咪保持距离。卡罗刚到家的时候，鼻子有点儿堵，不知是被北京的冬天冻到了，还是有猫鼻支。要只是冻到还好，毕竟看起来是只大猫了，就怕有猫鼻支。据说猫鼻支是上呼吸道难症，若是真有可不好治呢。这种病在流浪猫中很常见，有致死风险，传染性也很强。所以除了隔离，卡罗到家的第二天，我们还给它安排了全套体检。

昨天下午，卡罗依旧睡在笼子底层的猫砂盆里。它刚到家时就喜欢窝在这儿，赶也赶不走。二层舒适宽阔的休闲平台，还有三层摆放食盆的平台，它愣是不去。

我站在笼子前想，应该从猫的逻辑去思考。

也许是书房连着阳台，冬天的寒风从门缝灌了进来，而猫砂盆刚好可以挡风，卡罗才总停在这儿。于是我拿了张毛垫，铺在猫笼的第二层，给它多一处暖身子的地方。

可等我傍晚再进屋子，卡罗还是守在猫砂盆里。猫笼第三层的猫粮，似乎一下午没被动过。

它没挪过身子，没上去过。它是不饿吗？

我拿起摆在一边的逗猫棒，那是备在书房的"卡罗专属"。我想让它打起精神，可它一点儿也不感兴趣。没有起身，只是迟缓地抬头，眼睛慢悠悠地跟随着。

我明白了，这小猫一定是太懒。懒得玩逗猫棒，也懒得到楼上吃食物。连小小两层楼都不想跃！

我只好把第三层的猫粮盆拿下来，端到它面前。卡罗鼻子动了动，依旧没吃。

怎么这样挑剔？我想。又去客厅找到一根猫条。

那是男友同事送给卡罗的，藏在茶几的纸盒里。几乎没有猫能抵御猫条的诱惑，除非它刚吃过一根，或者两根。

我蹲到笼子前，把猫条撕开了口子。

这下卡罗主动凑了过来，把脖子伸得很长，身体却趴在原位。它仍没有张嘴，只是动了动鼻子。奇怪，平常它一次能吃两个罐头。难道是之前吃伤食了吗?

我耍了个小聪明,把撕开的猫条蹭到它的鼻头上。猫的鼻头很敏感,上面有一丁点儿东西它们都会弄下来。多数情况用舌头,有时候则会用爪子洗脸。我期待它靠舔鼻头的方式,至少吃一点儿食物。把剩下的猫条挤在食盆里,我离开了书房。

对卡罗的情况,我们都没有过多在意。这个夜晚,与往常一样平静地过去。

今天,我像往常一样,睡到10点钟才起床。打开手机,就看到了男友的消息。男友说他上班前去看,卡罗还是什么都没吃,他有点儿担心了。但怕我醒太早精神不好,就没当场叫醒我。他让我再去隔壁看看情况。

我走进书房,看到卡罗确实仍窝在猫砂盆里。第二层新买的白色毛垫上,有一坨湿润的屎,还有几摊浓黄色的液体。至少证明它上来过这里。下面的猫砂盆里,也多了几摊相似的黄色。我注意到猫砂盆旁边,有一个绿色的猫玩具球。像受了委屈,失落地滚在角落里。

卡罗怎么能受得了这种环境呢?猫应该喜欢干净才是。它都没转身朝向我,更没像往常一样朝我翻滚撒娇。它只是窝在猫砂盆里。

我拍了一张卡罗背对我的照片,发给在上班的男友。我说卡罗真像家里另一只猫,简直不守猫德,乱拉乱尿。那只小公猫叫黑格尔,是一团黑色的小毛球。

靠近观察卡罗，我发现它鼻头上仍有猫条，隔了一夜，都成了硬块。它也像不知道的样子，仍旧没有舔。

这让我吓了一跳，突然有些害怕。不会真有猫鼻支吧？猫鼻支的具体症状是怎样的？

要知道猫鼻子上有东西，它们通常不到一秒就会舔下来，怎么也不会留一晚上！这不符合猫的行为逻辑。

我没仔细了解过猫鼻支的具体症状，脑子里一片空白，打开手机试图搜索。我觉得猫闻不到食物，可能就是猫鼻支。这是我们一直害怕的，也是体检中不确定的一项。或者，真的是太懒了吧？我强迫自己往好处想，再次给出这个备选理由。这个时候，男友回复了消息：

"那黄色的液体不是尿，是呕吐物，是猫的胃液。"

猫本来就喜欢呕吐。猫用舌头梳理毛发，堆积在胃里的、消化不掉的毛发，会定期变成一个湿毛球被猫吐出来。可是，猫频繁呕吐又代表了什么？不是毛发，没吐猫粮，吐的只有黄色的胃液。我是一个普通的养猫人，很难分辨这些。

那时，我还猜不到这场悲剧会涉及几只猫，还没意识到会有猫失去生命。（等我读了加缪的《鼠疫》，才明白眼前任何"被死老鼠绊倒"般的状况，都有可能是"一系列重大事件"的前兆。而"状况"所造成的涟漪，其边缘究竟会扩散到哪里，也许要用一生去追寻，去面对。加缪在文中用了一个双关,"la chronique",既可以是对事件的正常记述,也可以理解为"编年史"。对于我来说,就是追随踪迹,记录涟漪的波纹与背后的意义。)

那时我只是在手机上搜索信息,根据描述来分辨症状。排在前面的答案都说是猫瘟。可我已经带它体检过了,也很难摸出有没有发热,猫的体温本来就比人的高,便把这些都自动筛掉。

我又向养猫很多年的朋友询问,在各个群里问。我以为自己在家就能当医生,以为这样可以搞定一切。

"多揉揉肚子就好了,多安抚。"有猫的朋友都这样建议,"肠胃不舒服,我家猫也会这样。"

"要是检查了没有猫瘟,应该就没有,因为缺少传染源。"朋友解释并安慰,"不会有事的。"

那就不会有事的吧?我搬了板凳坐到笼子边。

我打开猫笼,把卡罗抱到自己的腿上,让它能侧躺着。它似乎比刚来时轻了一些。我开始给卡罗按摩,顺时针轻柔地揉着它的肚皮。软滑,温暖,只是略有些瘪了。不一会儿,它就把头枕在我胳膊上,眯起了眼睛,发出咕噜的声音表示舒服。这样看,它应该好多了吧?

发现这样奏效,我就随手拿起一本《钢琴教师》,一边读小说,一边继续给它按摩。

我也调整姿势,让它在我腿上蜷得更舒适。

突然,卡罗身上的毛波浪一样起伏。它伸长脖子,瞪大眼睛，像在呕吐自己的器官。我能感到它在用力。

一摊黄色液体吐在了我的胳膊上，接近荧光色的危险的黄。卡罗下巴上的白毛，也被呕吐物染黄了。可它像不知道的样子，又枕回我脏了的胳膊。

我只能拿起纸为它擦嘴，心里有些难受，感到鼻子发酸。

它看起来有点儿憔悴，好像随时会昏死过去一样。原来，它的脑袋只有在呕吐时才有力气抬起。原来它一直在节省力气，我还硬要它打起精神。也许它已经这样很久了，却说不出口，只能窝在我的腿上。它怎么就成了这样？谁让猫咪不会说话呢？可我怎能让它继续这样？

我把一滴眼泪咽下去，拨通了医院的电话。

世界艺术史上的弗里达·卡罗，年轻时遇上车祸，用了四个星期的时间才醒来。痛苦让卡罗观察自己。她在石膏上作画，也依照镜子作画。她终于成了一名传奇画家。那我的小猫咪卡罗呢？它一定也能恢复对不对？我低头望向它，它还在我怀里睡觉。如果我的猫也需要这样的四个星期，我愿意都割舍给它。我可以连续四个星期，只是坐在它的身边，从白天到夜晚地陪伴它。猫咪卡罗需要传奇，我的生活也需要传奇。

* * *

我仍坐在医院的诊室里，窗外已彻底变黑。

医生问过我好几次，是否准备好了给卡罗做安乐死。我都摇摇头。其实我已失去做决定的能力，只是惯性地否定。他的话反复在我脑中闪过，说救活的概率太低，几乎没有，没必要白搭钱。可这不是钱的问题吧？

医生说，如果我们实在想救，他会尽力。只是成功概率很低，得先和我们说清楚。

可是，真的救不活吗？似乎怎么选都不行。

男友终于到了，气喘吁吁的，眼镜因冬天的冷空气上了霜。扎起来的长发，有很多发丝凌乱在空中。背着的帆布袋里，还装着几本书。

晚高峰不宜打车，他果然跑步到了医院。

已经很快了吧？可我还是觉得慢。要是不背上一堆书，能节省至少三分钟。

缓了口气，男友说路上养猫的朋友发来了消息，说了好多建议，还推了线上问诊的医生名片。不过他的手机快没电了，没办法一直聊下去。他手机的电池容量本来就小，电池也已老化，到了天冷的时候尤其不行。

我能想象那些朋友的关心，因为我的朋友也如此说。没有人相信是这样，都觉得不至于，都觉得会有更好的办法。我也不想相信，我也觉得不至于如此。

可是，我看着几近昏迷的卡罗，真的不至于吗？

医生又给男友讲了一遍卡罗的病情。我让医生长话短说，争取时间。我们事前就知道，猫瘟是比猫鼻支更严重的传染病。具体严重到什么程度呢？我没有概念，男友也没有概念，我们那些养过很多年猫、却没经历过猫瘟的朋友们，也没有概念。后来我想到，人活了一辈子，可能都不知自己对什么过敏。自己的健康经验如此，何况是养猫呢？经过此事之后，我希望所有养猫的朋友都别遇上猫瘟，但该知道猫瘟的凶险。

在这几分钟讲解中，卡罗又吐了两次。它像一摊软泥般，贴在地上，眼皮已无力再睁开。

我想起白天在家时的卡罗，想起它刚刚还能在诊室徘徊。也许陌生环境会让它强撑精神，也会耗费它的精神。它现在是真的撑不住了。

我小声地说："救吧，还是救吧。"

如果确实像医生说的那样严重，可能也真的像医生说的那样严重，我们已经别无他法了。

男友明白了我的意思，打断医生的陈述。

"救！尽全力救吧。"男友说。

我们自己无法出力，远处的朋友也无法出力，也许相信数据是最好的。我有点儿懊悔多犹豫了几分钟。希望面前陌生的医生没有骗我们，希望他会尽全力救治卡罗。

医生打印出一张病危协议书。白纸上写着：医生已建议放弃治疗/安乐死，主人仍选择抢救……

"你签吧。"我把协议书推到男友面前。

我不敢签一只猫咪的生死状。虽然已知晓情况，可当这张协议书摆在面前时，还是吓了一跳。我从未面对过这样的情况。不管是否签字，我们所预想的日常生活，都将被夺走一部分。

男友拿起笔，又把协议书推还给我。

"还是你来吧，"男友找了个借口，"你陪伴它更久，它应该更想让你签。"

那天更晚一些，林熙也下课到了医院。我们带她一起去看卡罗。卡罗已经住进重症监护室，上了几针药，正在输液。这一晚，我们请了一名护士值夜班陪着它，以观察情况。

说是重症监护室，其实是穿过隔离缓冲区后，不到两平方米的地方，稍有一些医疗设施。看着有点儿简陋，但是想想，即使是人类病倒以后，又该要多少空间呢？何况，只是猫狗。

两个不锈钢方笼，一上一下摞在一起，就这么成了。

卡罗被安置在上面的笼子里，笼底铺着绒毯，摆着猫砂盆，笼外挂着化验单及用药清单。边上有一个可控制流速、随时发出警报的输液挂架。

药物透过透明的管子，正缓慢流进卡罗的爪子里。

"卡罗……卡罗……"林熙贴在笼子口小声叫着。卡罗没有回应她，也许因为它不知道自己叫卡罗。

临近晚上9点，医院即将休诊。医生让护士建了个卡罗家属群。他说每隔一段时间，就会有护士在里面发卡罗的视频，更新情况。我们可以早点回家休息，不用一直陪着，可以关注群动态。要是有紧急情况，会马上通知我们的。

最好不要有紧急情况,我想,不该有紧急情况。

"别抱太大希望。"医生摘下工牌时,仍提醒我们。

"不过……"医生继续补充,"要说有一点点救活的可能,那就是它是田园猫,抵抗力更强。只能寄希望于此了。"

9点整,医院休诊时间到了。已有护士值守,我们留下来也做不了什么,只好听从建议离开。

临走时林熙凑近笼子,与卡罗说了几句悄悄话。我不好意思去偷听,与男友一起,远远站在外面。部分诊室的照明灯,在我们身后开始关闭,同时紫外线灯亮了起来。直到值班护士走进重症监护室,林熙才出来。

我们一同快步穿过走廊,路过几间诊室,脚步声显得很清晰。忽然,前面传出一声响亮的"汪!"。

我吓了一跳,由恍惚变得清醒。我小心地走过那间诊室,诊室的门开着。原来是一只雪纳瑞,就坐在医生的椅子上,看起来有点儿好笑。它警惕地盯着门口,感觉在暗中蓄了力,下一秒就会冲出来。

真好,还有力气叫出声来,我想。

可是,为什么这么晚还在这儿?它生了什么病呢?

我们来到医院的前台,补充信息,付款,听注意事项。得知我们家中还有猫,护士还帮我们全身喷了宠物专用的消毒液。有别于酒精的消毒液,像雾一样落在我们的衣服上。看不见的致命病毒,也许就这样被轻易消灭了。

在路口告别林熙时,她说她刚刚告诉卡罗,等它痊愈,就奖励它一份零食大礼包。

卡罗一定会为了零食努力的吧？而眼下，我不敢奢求过多，只希望它能熬过今晚。

* * *

2017年，我在云南昆明学建筑。

五年制的本科学业仍剩一年，我对未来期待又恐惧，像是面对犯罪电影中引爆装置上的倒计时。

那时候系里提供了电子绘图室。几排高配置电脑，密密麻麻地挤在教室里，只留出一条狭窄的过道。没有风扇，没有空调，只有死气沉沉却又新鲜的塑料味道。

这儿可以画图、建模，却不能联网。就像待在监狱的原地看电视，有限的节目，有限的我。

教室外的走廊，摆着从大一到大五所有的优秀图纸与模型。

摆在最中央、随时被聚光灯照射的，是我们班成绩最好的男生做的苏州博物馆模型。

墙板是用切割后的卡纸、U胶拼合成的，割口笔直利落，连模糊的铅笔线稿都看不到；苏博的灰瓦坡屋顶，是用瓦楞纸仿制的，每一道楞都被仔细扫过灰尘；长宽不到一厘米的门窗，也切割得仔细、干净，没有多余的卡纸挂在上面；哪怕是玻璃般不耐脏的玻璃纸，也十分干净。

我坐在绘图室的电脑前，每每想查资料时，就后悔为何不自己买台像样的电脑。

不能联网，只是一半的原因。学校的电脑虽是高配置，却没见谁关过，于是越发卡顿。从绘图室桌椅到电脑硬件，再到软件，都不可能有人爱护。有时画到精细处，就突然来个"程序错误"，或者干脆直接死机。一切都得重新画。

同桌一直在大骂。骂他那总在关键时刻死机的电脑，骂课程作业，骂他的专业导师。

有人从我斜后方挤过去，手扶着我的电脑椅，差点把我转了个方向。

他先是站到同桌身后，拍拍同桌的肩膀，抽出一根烟叼进嘴里，与同桌胡侃。又把余光投向我的电脑屏幕，问我一些有的没的，其实恨不得有二十只眼睛，把整套图纸都复制下来。他在我面前点燃香烟，整个脑袋笼罩在一团烟里。说了声待会儿见，就走到教室门外，与另几个无心画图的人谈笑。

教室的那扇铁门常年合不上。穿堂风一来，门就哐当哐当地扇动，把走廊的烟气灌到屋里每个角落。而角落里满是灰尘、杂物，以及通宵画图留下的食品袋、饮料瓶。甚至，有一张不知谁留在这里的折叠床。通宵实在熬不住的时候，可以凑合着躺个半小时。

这里没有保洁阿姨，班上的值日生只在交图后才出现。可交图时间还没到，我要在这种环境下再坚持一周，也许更久。

我就是一个垃圾场里的绘图员。

我与同学交替出现在机房,顶着油头,脸都不洗。还有人三个整天都坐在这儿,没日没夜地奋战。

早晨赶去画图前,我会顺路买份烤饵块吃,在这儿总能碰见刚通宵完的同学。他们面色泛黄,像是已被图纸吸干血液。我们打声招呼,彼此知道晚上还会交接。

晚上10点钟,绘图室所在的楼会锁门。我提前撤离,吃一碗小锅米线再回寝室。路上果然又遇见他们。他们要赶在锁门前进去通宵。

他们提着啤酒——头顶,肉眼可见地变秃。

"明早见。"我们心照不宣。

西西是我大学好友,一个地道的昆明人。画图对她来说,怎么也比不上吃饭重要。交图后,她就通过饮食释放压力,带我到各种旮旯寻找美食:傣味、小肉串、卷粉、菌子……

现在正是吃菌子的季节。菌子,在我们东北被叫作蘑菇。这里有见手青、牛肝菌、鸡枞菌,各式各样的,烹饪与选材稍不留意就可能会中毒的蘑菇。

西西带我去了家藏在巷子深处的菌子火锅,说是在别处怎么也吃不到的。出发后悄悄告诉我,这是全昆明中毒率最低的一家。还没进店就能闻到菌子的香。可就算是这家店,菌子下锅后,前十五分钟内把筷子伸进锅里,还是会有中毒的可能。不可贸然尝试。至于中毒的概率,服务员没说。美味与危险之间的谨慎。

西西点了可以生吃的松茸刺身。是把新鲜松茸切成薄片放在冰上，一旁摆着芥末酱油。

"松茸不咋个（问题不大），可以生吃呢！"她努力把方言说成普通话，"其他菌子要是没熟就吃，头上会有小人人的。"

这是云南人的一句玩笑话，就是指中毒。据说云南医院里，一半人的病因都是菌子中毒。他们在入院前，会看见一圈小人手牵手在头上跳舞。对少数人来说，也许是最后的画面。我想到了马蒂斯的绘画。

虽然危险，但我忍不住想，看见小人跳舞的时候，设计能力一定很好吧。

设计图纸出成绩的那天晚上，我刚从云南大学写生回来。

我的设计七十八分，抄袭我的同学八十三分。老师问我们的设计是不是互相借鉴过。我没说话，不想做打报告的人。同学也没说话，他不想做被老师批评的人。老师叹了口气，看了看两张造型一样的建筑图，指着我那略显粗糙的建筑细部，也许在指证分低的我，抄袭了分高的同学。

老师说我是有设计天赋的，却不好好做建筑。

"将来你的结构不合理，内部逻辑不行，就算造型再有创意，人家也不让造的。"老师说。

听起来，她完全从我的角度出发。

将来，我心想，将来我也会在被香烟包裹、杂乱无章的垃坂堆里画CAD吗？会在被规范困死的房间里，批量画出相似的规范式建筑吗？

带着我毫无未来的图纸，走出教室，遇见一名认识的学弟。他的食指被纱布裹得严实、硕大，似乎做什么事都会不方便。他和我解释说，昨晚通宵做模型，被美工刀划掉了一块肉。伤口很深，不停流血，仅靠创可贴搞不定。教学楼一到晚上就锁门，他只得叫上一起通宵的同学，让他们帮忙把楼下睡着的保安叫醒。打开了教学楼的锁，赶去附近的急诊医院，止血包扎。

真是好惨，我想。我顶多把耳机线当成雪弗板切断过，或者，拇指和食指被U胶粘成OK的手势，粘了半个星期。可我从来没流血到去医院。他一定很严重。我再次看向他包扎好的食指，说不定伤口现在还在流血。

我脑中继续浮现出画面。也许昨晚他正熟练地切着模型哼着歌，不知怎的，刀片就斜了方向，径自划伤食指。刚开始看见血渗出来，以为只是小伤口，结果血一滴滴砸在雪白的模型板上。按压住手指，发现刀痕竟可以裂开。都到了去医院的地步，怎么会这样深呢？怕是险些伤到骨头了吧！

这样的危险场景，我光想想就害怕，更别提作为当事人的他了。被锁在教学楼里，他当时一定十分恐慌。得试图敲开上锁的大门，再赶去医院。楼下的保安却一向耳背，况且还在睡梦中，应该很难被叫醒吧？

可如果都这么严重了,怎么今天又来了?

"我来通宵,模型没做完呢。"他觉得理所应当。这是建筑生的觉悟。

走廊口堵着很多人,像是在围观什么世纪名画。有谁的作品又被展出了吧?我并不感兴趣。我穿过人群,往楼梯的方向走。脚下踩碎了什么东西。

是模型的屋顶,瓦楞纸做的苏博的灰色屋顶。

墙上正中的位置,原本属于这个模型,现在上面亮着射灯,灯下却一片空白。地面上,苏博模型被踩得稀巴烂。原本干净、精致的模型墙体上落满脚印,墙体凹陷,连模型底板也四分五裂。水纹纸与胶水做成的池塘,孤零零地躺在角落,白石子们散落一地。

是他自己把自己的作品摘下,扔在地面践踏,同学说。他很愤怒,不知名的愤怒,像是要把之前的自己全部推翻、否定。

我站在了原地。

想起老师曾在这个模型前,当着全班面说:"他是最有天赋的同学。这是全系最精美的模型之一。"

"泰坦尼克号。"我默念,仿佛又看到银幕里的海水,奔涌着要吞没我。

※ ※ ※

从窗口望出去，有一棵巨大的海棠树。就站在北京积水潭的房间外，夏天时树枝零散地挡住我们的窗，近得像能探进屋内。不过就算看着近，打开窗户伸手出去，也够不到海棠树的顶。我曾在楼下观察过它，相较于这幢十几层的中庭围合式住宅，它显得那么低矮。但从四楼的窗口看，它是窗外最有生命力的风景。

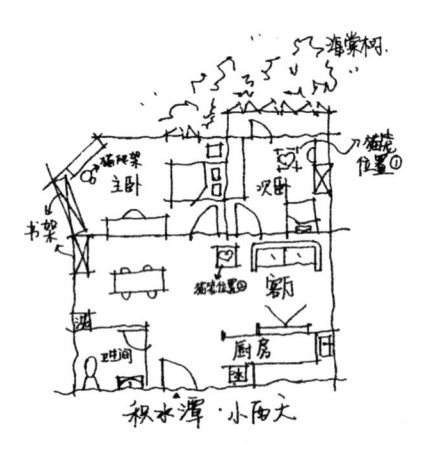

我们就租住在这里，毗邻电影资料馆的一套两室一厅。

进门，看到的是横亘的客厅，能通向彼此紧挨的卧室与书房。左侧的卧室较大，右侧的书房很小，它们中间是一道隔墙。左右两侧，分别是这俩屋子的房门。

左右两扇门之间，隔墙的位置，曾摆着一米二高的黑色猫笼，把客厅切分成两个部分。

厨房的灶台是下排式集成的，止逆功能有问题。通常到了饭点，无论坐在屋内的哪个位置，都会闻到其他人家的菜香，他们做的菜应该很好吃。

家里堆了上万本书，多数都是男友在北京买的。卧室面积最大，恰好空出一面侧墙，两个一米五长的书架摆在了那儿。说是书架，其实是进深半米多的货架。

客厅的一角与书房（本该是次卧），也点缀了几个相对较小的书架。书房的床没有人睡，就摆满了书。

整个房子书架上的书，更是都堆到了天花板。

平日里我晚睡也晚起，醒来的生活就是撸猫、看书、健身、写作。男友读过编导、文学专业，写小说已经十几年，却好像不在意出版和发表。他说发表作品是增加痛苦。目前他在出版公司当编辑，更没时间写作了，工作时间倒是规律。而我的工作却漂浮不定。我待过建筑公司、影视公司，也临时接一些碎活。现如今试着开始写作，能否赚到稿费也是未知数。说得好听是敢于尝试，说得不好听是缺乏明确目标，每天都与身边人活在两个时区。

很少的情况下，我也会醒得很早，这取决于家里的猫几点在我身上"跑酷"。

最多的时候，我家里有四只猫，一黑、一白、一橘、一三花。

三花猫就是卡罗，是我们前几天刚捡回家的小母猫。那天晚上，天气很冷，它鼻子湿湿的，似乎有些堵。我们怕它有猫鼻支，也害怕它应激，便把它关在客厅的立式猫笼里。再连猫带笼推到书房，关上房门，与其他三只隔离开。必要时再进出，门把手也用酒精棉片擦拭。

我想千万不能掉以轻心，要是真有猫鼻支可不好办，那是仅次于猫瘟的传染病了。就算一只猫得病都很难治。

捡到它的第二天，我们早早就带它做了体检：没病，略有些贫血。多补充营养就行。

卡罗既亲人又懂事，就是不知为何，喜欢睡在猫砂盆里。那本该是猫上厕所的地方啊。人一进到书房，它就立马站起身，隔着笼子边蹭边叫。真是一只懂礼貌的三花猫！它可能没见过猫玩具，也没闻过猫薄荷。哪怕我晃晃手指，它也能玩得不亦乐乎。

有时候我拿着手机为它录像，它好奇，便伸出爪子穿过猫笼的缝隙，打在手机的边缘。录像里，这只猫像是自己拿着手机在自拍。

每当我走进书房并关上门，与卡罗玩耍时，黑格尔与凡·高便堵在门外面。一边挠门，一边喵喵叫。我很自豪于它们也喜欢我。这两只猫，任何新鲜事都不愿落下。随时观察人类的动向，生怕自己错过什么。

黑格尔，一只像煤炭一样的小黑毛球，淘气、玩耍是它的宗旨，有一点儿幼猫的自私。

凡·高，一只强壮却不肥胖的橘猫——至少目前不胖，力气很大，性格却十分温柔。

在捡到卡罗的半年以前，我穿过半个北京，从一位东北老乡家把它俩带回来。那时候，黑格尔两个月大，凡·高六个月大，是两只可爱的小公猫。因为黑，黑猫就叫黑格尔；而热烈明亮的黄色，是画家凡·高笔下的主色调，橘猫就叫凡·高了。

据说它们从小就在一起玩。也许黑格尔出生时，把凡·高当成了亲生哥哥吧。

黑格尔仗着自己年龄小，把不懂事的态度贯彻到底，人吃什么它都要吃，猫玩什么它都要玩。但它也很可爱，能在很短时间内就相信人类，无论怎么撸都不会咬人。我喜欢把手探进这个小黑毛球里，它的表情会像不知发生了什么，几秒钟后才反应过来。

而凡·高胆小、老实，很容易知足，给它个坐垫就会很开心。不过，它将近半年才敢窝在我身边睡觉，哪怕现在，对白天上班的男友还是有些恐惧。

凡·高总是很谦让，总是一副好脾气，除了自己喜欢的小老鼠玩具，其他不争不抢。

在我们拿不停吵闹的黑格尔没办法时，凡·高会把自己的尾巴递到黑格尔面前，缓慢摇晃。黑格尔就立马扑过去，抱住这橘黄色的逗猫棒，胡乱咬。

早晨，它们两个彼此追逐着从我身上跳过去。黑格尔会愚蠢地从柜子上，有时是窗帘杆上，直接降落（摔）在我枕头边。晚上它们结伙去偷袭更早的原住民白居易，又打不过，常被揍得屁滚尿流，飞速逃窜。但过不了几分钟就忘了，还愣往人家跟前凑，根本没记性。

半年过去，黑格尔八个月大，凡·高已经一岁了。我刚为它们做过绝育，两只猫越发圆润。行为却不见稳重，一点儿不消停，依旧每天追逐打闹。

如果把屋里的人和猫都算在一起，最凶的是白居易。它咬人、打猫、踢玩具，对一切东西哈气，表达不满。除了哈人、哈猫，它甚至哈玩具。

白居易是一只狮子猫，全身雪白长毛，是只快到四岁的母猫。按猫咪年龄换算，它已经三十多岁了。我与男友都要称它一声"白姐"。

白姐2017年出生于江苏无锡，水瓶座的猫。那是我认识男友之前的事。据说，猫妈妈也是白色狮子猫，蓝黄异瞳。后代里只有白居易是纯白的，但它双眼都是黄色的。

白姐不到两个月大时，男友从朋友的朋友那里领养了它。叫了顺风车，把它从无锡送到南京新街口。男友与另一个接猫的人一起，等在大华大戏院。那时男友在南京做杂志编辑。等猫接近一岁时，它与男友一同来到北京，开启北漂猫咪的生活。后来，我才认识了白居易。

有的时候，白居易在窗边端坐着晒太阳，像只冰雪猫王。突然，斜眼看向正趴在床上玩手机的我。阳光下，它的眼睛变成两条竖线，吓得我连忙起身到桌前工作。一阵心虚冷汗。

刚接到凡·高与黑格尔的时候,新家生活初成,我正开始尝试写作,对什么都不了解。但也是不了解,让我更加好奇与兴奋。我理解的写作就是搬运,把脑袋里的东西,直接敲进空白文档,无须思考,也不用加工。于是,冗长且无意义的句子层出不穷。

男友以整理书架为例给我讲解。他说写作确实是搬运,这没错,是从生活里搬运最真实的东西。但不是照搬。写作有写作的逻辑,就像书架有书架的呈现面貌。

我整理书架的时候,就是有什么搬什么。我们的书架进深很深,能砌三四排。我做事只求能交差,把书往上一堆了事,却可能挡住了马上要用的书,连我自己取书都不方便。

男友说,无论是整书的逻辑,还是写作技巧,在最强有力的动因下,都是可以被打破的。

但在被打破之前,动因未出现前,仍应学习一下技巧。写作技巧是一种有备无患。

当你非常想写一件事时,平日无用的技巧就起作用了。它能帮助你,让你沿着动因走得更远。

写作技巧虽不是目的,却是对写作的等待。

男友给我列了一些练习,或者说测试,看我适合写怎样的作品。我是否能直接等到动因?还是等到技巧,在技巧的磨砺中继续等待?

每当我坐到桌前打开文档,等待我也不知是否会到来的东西,白居易就会跳到我腿上。用爪子刨一刨,等我的裤子变得平整,就趴平了睡起觉来。我一边码字,一边感受腿部的温度,十分幸福。

但幸福不到几分钟,就会被黑格尔发现。它也想学习白居易的黏人方式。平地起跳,落在我腿上——的白居易身上。引得白居易大声一"哈",伸出爪子,狂甩三记喵喵拳。我的身体变成一个临时战场。不过,白居易不太有耐心,马上会扭头跳到地上,愤然离去,把腿上的好位置留给黑格尔。

我的裤腿表面,出现几个因猫爪蓄力而钩出的爪痕。

留下来的黑格尔,并不知该如何正确趴在腿上,只是胡乱地走。翘起的黑色长毛尾巴不停甩动,清扫我的鼻孔。搞得我像是对写作过敏,一坐到桌前面想写点儿东西,就开始打喷嚏。

我会把黑格尔抱起来,帮它切换成它喜欢的姿势。它常常仰坐在我的双腿间,背靠我的肚皮。我们像垒在一起看电影。它也经常自己这样,坐在沙发的缝里。可它不老实,只能安静十秒钟。我一敲起键盘,这只猫便伸出爪子,试图打我乱动的手指,以为这是什么玩具。

我喜欢看电影,男友也是。虽然他总在看电影时睡着,就像我总在看书时睡着。楼下的电影资料馆,是我们选择住这儿的部分原因。平常难以在大银幕上看到的影片,还未正式上映的,或早已错过上映时间几十年的修复版影片,总会出现在电影资料馆里。国际电影节、映后交流也是常有的。还总能遇到来这儿观影的朋友。每月去资料馆看电影，已是我们生活固定不变的环节。

* * *

毕业设计开始之前，云南陷入夏日的雨季。

很多阴湿的地方长了青苔，冒出野生菌，蚊虫也多起来。在室内都能见到大蟑螂、壁虎……蟑螂有北方的两倍大，甚至更大！那时一走到室外，扑面而来的就是植物与雨水的味道，不觉得霉，只觉得甘爽沁人。

暑假也要抓紧时间调研。

建筑调研不能在雨天，需要好天气。

老师选择有太阳的一天，带我们去云南楚雄的调研场地。途中，我手机消息响个不停。

因为座位挤，手机贴在腿上不好取，就没去理。没想到振动太久，手机开始发烫，逐渐都能闻到热塑料的味道，像下一秒就会在裤袋里起火。或者我的心已烦躁得起了火。

那是2017年下半年，我刚刚大五，正准备毕设开题。我抽中的课题是商业中心设计，真题假做，真实地点，但仅出方案。地点在彝人古镇旁，一处未开发的土地，也就是现在我下车的位置。视野很好，适合一些隐士居住。

可惜，我没资格做什么隐士。不停发消息的，是我当时的男友，与我同届的机械系毕业生。

他已毕业一个多月，我却还在忙着毕设。因为他是四年制的，比我少一年。每日捧着手机追着和我聊天，一会儿不回就打来电话，也不顾及我的时间。

他真是清闲，让我又气又羡慕。

那时，班上的同学大都有了自己的计划，工作、出国、考研、考公务员。只有我还没想好自己的定位，还不知道自己要待在哪个城市，也不知道自己毕业后，会不会再从事建筑工作。

手上的事情成堆，都要切实地完成，却不知是否有意义。

老师正在认真介绍场地。

我取出手机，看着不停弹出消息的屏幕，倍感压力。

西西则在一旁调侃："男友离不开你呢，是不是毕业就结婚？"她说完这话，我突然有些反胃。本来正要回消息，想起男友骨瘦如柴的样子，时而贴在头皮上的油腻头发，当即锁屏了本想回消息的手机。当初怎么和他在一起的？我记不得了。

还是专心做毕设吧，做些更具体的事情。结婚对我来说太遥远了，与这个男生结婚更遥远。

毕设场所是一片荒地，杂草有半人多高，像是被周遭城市遗忘，独守在这空旷的地方。

场地上方，不知为何有一条铁轨。悬空二十四米，从很远的地方穿来，又往更远处奔走。铁轨锈迹斑驳，像会在某一刻轰然倒地。当地人说这条铁轨是很久以前修建的，几十年了。那时候运人载客，每天好多趟；现在运货，每天只剩一趟。

我仿佛看到每日清晨，脏兮兮的绿皮火车伴着白色蒸汽，轰鸣地跨过上空，完成两个世纪的交接。

太阳变得更烈，引得我站到铁轨投下的阴影中。仰起头，几个刀疤状的黑影正划破我的脸颊。

一阵风吹过，那些杂草在我身边拂动，是翻滚的草浪。草穗蹭着我裤脚，我像被簇拥到了海浪的中心。在海浪的波动中，我看到电影里准备自杀的罗丝。她正要越过围栏。海浪袭来，她回头望向我，我的身体一个踉跄。

我想伸手扶住些什么，却发现自己不在船上或海中，我以为的围栏，只是凌空穿过的铁轨。海风中的一切在我眼前散去。阳光正射向双眼，眩晕感让我踉跄。

那条破败的铁轨，此时竟显现出一种独特的美、期待被拯救的美。也许我可以帮它一把。

我突然有了自信，觉得自己能做出还不错的建筑。

这片区域的地理位置、人文风貌，本来就是得天独厚的。虽说是真题假做，但只要它在我脑中成真，那它就是真的。这是设计中至关重要的。

我有些激动地打开手机，生怕下一秒就忘记此刻想到的。我忽略男友的讯息，去网店买了一些PS与SU（我们专业必备的修图软件和建模软件）的小人、树木素材。我记得大学第一节专业课，老师讲解立面图时，用粉笔在建筑旁画了一棵简笔小树，他说这必不可少，因为："情怀，树是情怀。"

又是一阵风经过，我的脚踝不知被哪根野草划伤了，微微渗出血。太阳仍在空中运转。此时阳光跨过铁轨的缝隙，将我的身体分成明暗两部分。

回昆明的路上，老师交代接下来的时间安排。

男友又发了消息过来，可他前面的消息我还没回。我低头解锁屏幕，他说签下的工作10月才报到，趁现在有空，决定与我出去毕业旅行。

毕业旅行？他是毕业了，可我还没毕业。况且我也没有答应，他从哪里来的决定？总是如此。

"去哪儿？"我问。

"不知道。"他回。

我便把手机锁屏没有回复。不到两分钟，手机又响起来。

"你来定。"他说。

他好像从来没有旅行过。他说他没坐过火车，没坐过飞机，也没订过酒店，甚至到外面吃饭都很少。说我经常旅行，一定比他懂得多。

于是像个甩手掌柜，他把一切都丢给我。

我忙着做调研报告，忙着设计，忙着修改论文，忙着一切与未来相关的事情，却还要制订旅行攻略。我感觉自己像是一个年轻的母亲，为不该操心的事而焦虑。

"不如去成都吧？"我对他说。以前我和朋友去过几次，交通方便，景点也多。要是再去的话，也不用多费心力。距离近，能节约时间做毕设。

"这个季节，太热。"男友说。

"重庆呢？"我说。这里我也去过几次。

"也热。"这个暂时仍是我男友的人说。

"那去哪儿？"

"随便。"

我很讨厌他对我说随便。他一边说随便，又一边搞出些理由拒绝我的想法。这分明是以前在网上看到的段子，却真实地发生在我身上。

我把这事搁置了几天，专心做毕设，与男友的沟通也刻意变少。

一段时间下来，男友似乎着急了，开始审问式地催促我。他追问我定下来没有，问我打算什么时候请假陪他。他说他母亲只许他这个月出门。他说："你最懂了，所以要你来定。我不懂，所以我不能定。"

"你到底要去哪儿？"我不耐烦地问，知道下一句一定是那两个字。

从调研地回到学校时，学生会换届选举刚结束。白天我要做会里的交接工作，晚上熬大夜，写调研报告和设计说明。我把旅行计划扔在了一边，男友也被我扔在了一边。我是故意的。没时间陪他旅行，我也不想挤时间谈恋爱了。

我把他打给我的"旅行基金"还给了他。

"不去了。"我说。我不能再为他消耗自己了。我害怕真出了门,他那因什么都不懂,便什么都肆意而为的性子,会贯穿整个旅行始末。

我不想教他如何坐火车、坐飞机,如何住酒店、查线路……我不是他母亲,我谁也不是。

"你自己去吧,"我说,"我时间腾不开。"

他便真的不去了,如我所想一般,并将他不能去的原因归结到我身上。似乎是因为我不去,他才不能去。我像是个交通工具,我出了故障,就误了他的行程。

西西以前说,小白男友最可爱了,什么都不懂,便可什么都由我做主。当时我还觉得很不错,挺神气。现在想想,酸腻到反胃。看似完全程度上的做主,其实是当仆人,我不想要这样的做主。

我突然理解了建筑空间里"度"的概念。像是在一间压抑的房间里,我对墙呐喊,马上得到回声。可那空白逼仄的房间是畸形的,于是回声也是畸形的。而山间回荡的声音,才是可以延续、壮大的,也更爽快、舒服。

我似乎再次站到那条满是锈痕的铁轨下。

下雨了,雨水一滴滴敲打铁轨的关节,铁轨开始溶解,在我面前滞缓地溃败。水位在上涨。一时分不清是泥水还是铁水,只能看见它慢慢浸湿我的裤管。

*　*　*

2020年11月19日，寒流来袭，北京下雪了。

我已经好几天没出门了，始终宅在有暖气的房间。男友下班回来，身上带着雪花。他说北京很冷，冷得很陌生。我对此说法表示怀疑，因为他是南方人。前段时间起，他开始步行上下班，每天花一个多小时在路上，与地铁耗时差不了多少。他说他喜欢边走路边听书。

脱掉外套以后，他又就"冷得很陌生"进行补充，说那是"主编的原话"。这回我比较信了，他的主编是个四十岁的北京人。描述得真生动，我想。

吃饭，洗漱。晚上10点，我们出奇地躺在床上刷手机。要是平常，这时我们还坐在电视机前。

"喏。"男友递过他的手机，碰了碰我。

"你看看这只猫，"男友说，"很可爱。"

我接过来，屏幕上是一只猫咪敦实的背影。白色的毛发上，黑一块，橘一块，显然是个三花猫。它坐在大理石台阶上，看着很小个儿，身子却圆滚滚的。

我看了眼配文，一条流浪猫救助消息。

发文的人，是男友写作方面的朋友，叫马彦。他下班走出积水潭地铁站A出口，一上台阶，就看到了这只猫。

马彦的照片配文，大致意思：流浪猫我抱了会儿，很亲人，大概一岁；地铁站不安全，天还冷，希望有人收养。

我看了眼家中那三只不老实的猫。从我们家走到地铁站的时间，不到十分钟。

"要抱回来吗？"我问。

男友没说话，只是取回手机，把那张照片放大。

记得积水潭地铁站的出口，一向只有步行台阶。中间有一根铁制的扶杆，把两侧空间分开，左、右分别是上行、下行，也就是出站、进站两个方向。在楼梯爬到一半的位置，还有一处平台，似乎是供人休息用的。我春天刚搬来时，第一次从这儿出站，抬头看到自己将要攀爬的长度，马上流起汗来。

一个多数人看到就会疲倦的长度。

照片里，猫咪坐在正中间的扶杆下，左右两侧全是晚高峰疾走的人类。多危险啊，它不会被人踩到吗？不会误入地铁轨道吗？

不过它看着很安静，没有到处跑，只是低着头，给照片一个冷静、落寞的背影。一个暂时安全的身影。

"去吗？"我又问一遍。

"去。"男友说，仍一动未动地盯着屏幕。

我以为他在开玩笑，他时常会开这种玩笑。何况我们已经有三只猫了。可我又想到外面的寒流。

"真的去？"我推了他胳膊一下。

"去！"他从床上猛地坐起，斩钉截铁。

我们飞速穿上外套，像两个初次出警的消防员，兴奋又稍有顾虑，去尝试紧急营救。男友在马彦的配文下评论，表示会去。免得别人从远处赶来白跑一趟。我们准备出门时，下面有了一堆回复，都是为我们加油打气的。我越发兴奋，感觉自己被寄予厚望。

照片上，那只猫看起来很乖，至少背影是这样，男友说抱着就能带回家。他曾在路边救过一只奶牛狸花，直接裹在衣服里就抱走了。男友露出神气的表情，说这次也可以。我有点儿怀疑，但想到路途较近，便也没有带航空箱。

我们各自套件棉大衣，穿着睡裤，直接光脚穿了鞋就走。两个人迎着陌生的寒风，快步冲向地铁站。这要是电影中的画面，一定会有斗志昂扬的音乐吧。

离地铁站越近，我的内心就越不安。我们怕到得太晚，猫咪自己跑走了；也怕到得太早，在脚步纷乱的楼梯上不好操作。一切都是未知的，兴奋、激动，又有莫名的恐惧。一路上，我觉得迎面而来的人都在奔跑，猜想每个人躲在口罩后的脸上，都应是喜悦。

他们像是高铁外的风景，短暂明媚，一晃而过。

我们来到地铁出站口，往下望去，依旧是长长的、带着台阶的斜坡：没有猫。

我一路往下，匆忙跑到了安检处，用手比画出一个圆形，问："请问您见过一只猫吗？"

"猫？"安检人员回过头，疑惑地看着我。

我又跑上楼梯，男友还在楼梯半中央徘徊寻找。地上湿湿的，有不少由雪踩成的泥水。我们一起回到地铁口，绕到出口外另一侧寻觅。这里没有灯，只有个二十多岁的女生，坐在地铁站后的花坛边。我们只顾着找猫，也看不清她，便径直路过。

可再往前走，就是空荡荡的马路。

不知怎么，好像认准猫还在地铁站，我们便不甘心地转头，往回再找。

我们又看见那个女孩，她还坐在刚才的位置。长发垂下来，盖过抱在身前的手臂，与她身穿的黑色棉服混在一起。她的怀里正是一只猫，似乎是三花猫！但因为没见过猫咪的正脸，我不敢确定与马彦发的是同一只。

我往前再靠近点，看见了那刚刚被长发遮了一半的猫咪。它像是睡着了，在女孩怀里一动不动，就露出个脏兮兮的小脑袋。

我看了眼男友，他正在给马彦发消息，看起来并不紧张。或者他也不敢直面责任。

我的心脏越发紧张地"扑通""扑通"，与陌生人搭讪的紧张，还有初次捡流浪猫的紧张。

我走上前去，礼貌性地和她聊了几句，小声说出我们的来意，还提到那个救助信息。希望她别把我当成猫贩子。这时男友也跟了过来。

女孩说她就住在这附近，见到猫咪后，特意回过家，带了食物和水过来。说着便取出食盆，把猫粮和罐头也拿出来。流浪猫先闻了闻猫粮，又闻了闻罐头，把头埋进罐头里，吃得一干二净。猫粮却一口未动。真是只挑剔的小猫咪。

又聊了会儿，我们再次表达了来意。

"不如，我们养吧？"我试着协商。女孩倒也没有拒绝，说可以加一下微信。也许是出于谨慎，也为了以后能关注流浪猫的动态。她叫林熙。

"这猫啊，我一抱起来就'咕噜'，一放到怀里就睡着了，多亲人的小猫……"林熙说，"可我家里已经有九只银渐层了，实在没法养其他猫。问了朋友，不是没回信息，就是没时间养。你们能养真是太好了。"

真的太好了！虽然迟到一步，却是刚刚好。

而且，她竟然能养九只猫，我听到后有些欣喜。我从没想过可以养九只猫。不过，说不定以后我也会养那么多？我有点儿期待我们的未来了。

"我们家是三只田园猫。"我说，像是在炫耀自家孩子。

得知我们也有养猫经验，且家里的猫不算少，林熙舒朗地笑了起来，对我们的顾虑明显打消很多。脸上的笑容，隔着口罩都能感受到。她马上把剩下的猫粮系起来，连食盆一起递给我，与我们一同憧憬了这只小三花的未来。希望它能与家里的三只猫成为朋友。

"宝贝，你有家了！"林熙摸着它的小脑袋说。

是啊，以后我们肩上又多担起一份责任。我们即将有四只猫了，我们是家人了。我心里有些自豪，满是对未来的期待。那时我们感受到的，都是救助猫咪后的喜悦。即使后来回忆起来，更多的也是喜悦。

准备回家了。

我拿着猫粮与食盆，男友则如他所说，把流浪猫抱在怀里。我们走出地铁站口。

一开始小猫还不吵不闹，可刚离开站口，来到红绿灯前，它就不开心地哼唧，仿佛嗅出陌生领地的味道。等再过一半马路，它的情绪就更厉害了，四下扭头，准备挣脱。它大声喵喵叫，爪子在男友身上蹬来蹬去。

男友只得努力抱紧它。

趁几秒绿灯结束前，我们小跑穿过马路。我看到流浪猫在男友身上一颠一颠，像一桶快溢出的水。

我感到有点儿好笑。虽说是流浪猫，但它凭本事把自己吃得不轻。男友说胳膊已经酸了。

他一喊累，流浪猫就趁机往出一跃。男友立马再抱住。流浪猫像是个大挂件，脑袋和上半身当啷在他胳膊外，下半身被男友拢在胳膊与胸前。

它用弯曲的趾甲钩住男友大衣的袖子，发出巨大的一声"啪"，好似电流的声音！在男友的大衣上，扯开几处豁口。男友手忙脚乱，换个姿势继续抱，流浪猫又朝另一侧跃出怀抱……

怕流浪猫在挣脱中受伤，也怕男友被流浪猫抓伤，我们跑到马路边最近的花坛，把它放回地面。一落地，我赶忙用胳膊把它圈住，生怕它跑走。可小猫非但没跑，反而绕着我们的裤腿，又开始"咕噜"。

因为男友总能很快与流浪猫建立友谊，我们商量了下，决定让男友在路边陪它玩儿，我赶回家一趟。还是得拿航空箱，也就是手提猫笼。

我从未跑过这样快，也从未觉得地铁站到家有这样远。我感到急切与喜悦，感到幸福。

跑的时候抑制不住的笑容，让口罩都向下滑动了。甚至在电梯里遇见小孩我都想和他说一句：姐姐又有猫了！

我气喘吁吁地到家，一把拎起航空箱就想走。家里那三只看我提起航空箱，还以为要带它们去哪儿呢，"嗖"的一下跑开。各自跑到房间的旮旯，都比远还远。

跑得太乱了太乱了，我心想，还是得采取些隔离措施，现在这样不好管，便放下航空箱折回身去。总归是隔离几天才比较放心。得让这些猫进到卧室，把客厅让出来，给流浪猫腾一点儿处理的空间。我使出一贯的骗猫把戏，拿出猫条，轻而易举把黑格尔与凡·高诱惑进卧室。

可白居易不吃这一套，仍旧优哉地坐在客厅。我只得把猫条放在卧室，让它们自己吃着，再火急火燎地跑出去，把白居易抱进卧室。不然，那两只小馋猫又要跟我出去。

一切都安排妥当了。

我再确认一遍三只猫都在卧室,便关上卧室门,提起航空箱,去迎接我们还未起名的新猫。

* * *

我终于决定搬出学生宿舍,给我自己,也给别人多一点儿的空间。寝室实在太小,我的东西又太多。椅子、柜子、床上,都堆满我的东西。除了绘图之外,我不想自己的生活也在垃圾堆里。我的室友同样不想。

我要在水流中找到细微的气泡,或制造气泡,让自己能够呼吸。

我开始整理,从床下翻出一个不跳闸的电煮锅。以前我们整个寝室经常趁阿姨不在时,围在这个锅前煮火锅。中午懒得去食堂,我会把玉米面条和紫甘蓝一股脑儿放在清水里煮……煮到紫甘蓝变蓝,玉米面条变绿,我才挑出来放进蘸水中。室友说我做出了外星食物。她们都叫我"厨神小张",或者"黑暗料理之王"。

我还从很久没翻的抽屉里拿出一沓文件,上面是去年毕业晚会时我做的策划、流程,以及语言类节目的剧本。就是靠着这些东西,我曾被老师当作学生干部里的榜样,这两天还获得了省优秀毕业生的称号。拟推荐名单被贴到公示栏时,和我并排的,是那些专业课成绩总能数一数二的同学。我可以抵达未来，我想。

* * *

流浪猫已顺利到了新家。

豪华的三层立式猫笼，此时仍摆在客厅中央，作为隔断。也就两周前，黑格尔和凡·高做了错事，还要被关进去呢。现在它们长大了，这笼子自然而然被让渡给新猫。

男友把流浪猫从航空箱中取出，放进客厅中间的大猫笼里，关上笼门。里面的食盆、水盆，还有猫砂盆、猫抓板，一应俱全。只是它暂且失去了自由。

流浪猫微微弓起背，在笼里谨慎地观察，眼球动来动去。继而坐在黑格尔和凡·高用过的矮型猫爬架上，鼻子贴着猫爬架不停地嗅，一点儿也不放松警惕。

卧室门里传来爪子挠门的声音，紧接着一声猫叫、两声猫叫……最后变成一堆猫在乱叫。是我刚刚关进卧室的三位原住民。它们一定知道有新猫来了。闻到，听到，猫总有办法知道的，猫咪生性警惕。

流浪猫也盯着卧室的门，瞳孔瞪大，嗓子发出"呜呜呜"的声音，像在示威。我见状把手指伸进笼里，试图安慰它。它一改态度，立马"呜呜"地凑过来蹭。

为了减少吵闹的猫叫，满足原住民们的好奇心，我把卧室门开了条缝。卧室里马上变得安静下来。黑格尔和凡·高很紧张，只敢在门缝里张望，头都不敢探出。白居易倒是用前爪扒开门缝，悠闲地走出来。这与它当初看到黑格尔和凡·高时那暴躁的态度相比，简直天差地别。

白居易在距离流浪猫半米的位置，隔空闻了闻，把两只前脚抻到不远处，伸了个长长的懒腰。

流浪猫初来乍到，戒备心很重，赶忙把身子对准白居易，后背弓起，大声"哈"向白猫。随后"嗷呜嗷呜"地哼唧不停。应该是在放狠话。

白居易没觉得怎样，自顾自坐下，抬起脚掏了掏耳朵。打了个哈欠，转身走了。

男友打趣说，白居易一定心想"怎么又来一个"，但管不过来，放弃对领地的管理了。它知道哪怕天翻地覆，它依旧是这个家里的老大。看样子，白居易对这只流浪猫并不排斥，已经习惯了多猫的家庭环境。

它只讨厌那两只蠢笨的小公猫，讨厌吵闹。

流浪猫见白居易走回卧室，便松懈下来，在猫笼里趴下。不再呜呜地叫，安静了几秒。也就是在那几秒钟里，我注意到它的呼吸，听到它鼻子被堵住的声音——似乎鼻孔不通气。

我有些警觉，立刻走向卧室把门关上，重新将三只猫关在里面，看向男友。

"可能是冻到了吧？"男友的语气也不确定，"毕竟是流浪猫，冬天感冒也很正常。"不过总有些不安心，万一真有猫鼻支呢？这种病一定很难治吧，还传染。家里的猫都感染就惨了，我们不能失去任何一只猫。

商量了一下，原本模糊的隔离措施马上清晰。我们把住着新猫的立式猫笼，推到书房，关上门，每天必要时才能进出。找了一支专用的逗猫棒，摆在一边。并找了个专门的小垃圾桶，用于铲猫砂。出来以后也要洗手，用酒精给自己消毒。新猫与三只原住民猫隔离开来，要坚持一两周。尽可能保证所有猫的安全。

我们躺在床上，兴奋地给新猫想名字。

"不如叫'扑通'吧？"男友说，"积水潭地铁站捡来的，积水！当然是'扑通'。"

我怪他，说这名字不吉利，听着就是有东西掉进了水里，猫咪本来就害怕水，这可不行。

第二天，我约了上午的猫咪体检。我走进书房，把新猫抱出来之前，又仔仔细细地观察了一遍。

我凑近看了一遍，再离远确认一遍。它俨然一副网红猫的样子，下巴上有一小块半弧形的黄色花纹，让它看起来像在说话，一直说着英文字母"O"。

好看之中又有点儿好笑，这就是我们的新猫咪。

我拍了几张不同角度的照片，发给正在上班的男友，还有刚认识的林熙。男友画了张猫咪背影，发回给我，完全是个胖墩墩的葫芦嘛。他没有学过画画，就像我在写作上一样，是个

"没有技巧的灵魂画手"。他画的东西,总给我一种又笨拙,又有奇怪表现力的感觉。

新猫咪除了有一点儿胖,黑、橘、白的三花毛色,也是显著特点。尾巴有松鼠一样的花纹,黑灰相间。背脊上一处橘一处黑,两种颜色左一点儿右一点儿,攀爬到了头顶。上一半的脑袋是橘色,右一片的脸是黑色,剩下部分是白色。

它的右耳被剪掉一个小角,我刚刚才注意到,这是TNR的标记。

TNR是控制流浪猫数量的一种措施。志愿者把流浪猫诱捕绝育后,剪掉一小块耳朵,再放归原位。这样是否已绝育就一目了然,不用重复诱捕。后来我带它去体检,医生说,脾气好的流浪猫才能被捉到做绝育。

林熙看到了我发的照片,回复我说这只猫长得像弗里达·卡罗,以自画像闻名的墨西哥女画家。

男友在上班,本周末要加急离京,是南京的老师生了孩子,他去看望,即去即回。

我想也许我带卡罗去检查就行,早点体检,早点放心。我把卡罗装进航空箱,自己带它打车去附近的宠物医院。这是我第一次带猫到医院,也是我第一次带猫咪做全套体检。

卡罗并不害怕,有亲人的流浪猫的基本修养。测体温的时候,还蹭护士的袖子呢。只是做肛拭子的时候叫得超凶,露出流浪猫争地盘时的凶狠。

那时我还觉得新奇有趣，趴在玻璃门上录下这个场景。没有想到，一周后再次经历，心情已完全不同。

我隔着玻璃，轻轻叫它的名字："卡罗。"

可它还不知道自己叫卡罗，我们也才认识一天，相当于还是陌生人。我很难安慰到它，给不了它安全感。

肛拭子、抽血结束后，我带上卡罗坐在前台大厅。不一会儿，医生拿着化验结果过来了。他告诉我，从结果来看，卡罗没啥问题，就是有些贫血。

我问他："卡罗会有猫鼻支吗？"医生说这个不能确定，可以带回家隔离一周，发病立马来治。也可以现在提取分泌物送检，得小一千块，不便宜的。

还是温柔的南方口音，离开时医生说："没病的流浪猫，都是万里挑一的。"

现在正写作的我，仍无法理解这句话。但就因为这句话，我当场决定把它带回家隔离。我认为他的意思是，体检结果卡罗是没病的，它是"万里挑一"活下来的幸运猫咪。

卡罗是万里挑一、没有病的那一只，我坚信。

回家的路上，阳光开始烈起来，透过车窗洒向我与卡罗，似乎寒流已被驱散。也许因为我是东北人，我错觉北京的冬天还没真的到来，便开始变暖了。我发消息给男友，说要奔向与四只猫共处的美好生活了。男友也说，虽然不富裕，但他甚至觉得自己在北京能负担起五只猫。

我开始想象以后的日子，控制不住地对着屏幕笑起来。

那时我们还不知道，现实没有那么容易。

＊ ＊ ＊

昆明的雨是持续下的，有它自己的特色。大雨一下便是一天，不会中断，很爽快地下着。反而小雨会断断续续，下的时间短，像喘不上气，得歇一会儿再下。

评图的那天，阳光起先热辣辣的。我就没带伞，与西西一路，拿着打印店收据直接去取图。等待工作人员帮我们裁图、打包时，门外却下起大雨。

西西包里随时有伞，一把小小的折叠伞，晴雨都可以用。她撑开了伞却发现：伞太小，雨太大。两个人撑就更不够了，何况还带着图纸。我们只得等雨小些再去教室。可是等了好久，评图的时间都要到了，雨也没见小。我们只好把图纸捆扎起来，又管老板多要了份塑料袋，打包得严严实实的，两个人一起撑着小伞，奔进雨里。

大雨中的伞是个小蘑菇。雨水砸到伞上，在我头顶发出石子的声音，又顺着伞的边缘垂成一片，摔落在地面。也有雨水滴在我的身上，还有卷起的建筑图纸上。

我来不及管我的图纸，它有半个人高，都没法抱在胸前。只能让它贴在身侧一边，我们继续狂肆奔跑。我穿着运动鞋一脚踩进水里，一脚踩到溅水的地砖上。我的鞋、裤脚、裤管，直到整条裤子逐渐湿透。

我是在雨中逃跑，幻想自己比雨水跑得更快，期待迈出下一脚时天空就会出现太阳。可阴云才不会如我所愿，那么快散去。我只能继续在雨中奔跑。

我记起泰坦尼克号下沉时的绝望。降落的雨水仿佛正汇入海洋，二者一起掀起巨型浪花，朝我奔涌过来，想要把我摁在水里。我迷惘地寻找破绽，倔强地穿过校园，却依旧被囚禁在雨里。

巨轮的船舱那么大，海水一点点漫过来时，我却倍感压迫。海水会淹没一整条船。头顶的雨水如瀑布般，灌进每寸领口，每一毫厘的线脚。我的视觉与听觉，都已湿透。在雨水的最深处，传来一声模糊的呼救。我好似再次看到影院中的孩子，他又在求救。

我们仍在雨中奔跑。影片中的海浪就这样继续奔向我，脚下汹涌的水如此真实。我努力看了眼时间，又瞥了眼图纸，突然感到那孩子的绝望。他和我一样。

我要去哪里呢？我能拯救他吗？

评图室比平常嘈杂许多，很多同学顶着湿漉漉的头发，他们的图纸却是干的。评图很早就开始了。

我选了个窗边的位置，把打湿边角的图纸展开，贴到墙上。可没等贴完，老师便走了过来。

"讲一讲。"老师还低着头，打上个人的分数，甚至没看我一眼。

我跑得太累了，才机械地讲了几句，就上气不接下气。最后干脆化繁为简，只讲了设计构思和空间分布，其余都省掉。留下的大段时间，交给老师训话吧。

老师说的内容和往常一样。他说我的设计想法好，但不深入，内部结构缺失。他说如果我都结合好了，一定是优+。他还说我不够努力，不然作品会更好……

后面的话我不用听了，因为他要说的我通通知道。我很执拗，或是顽固。不想改，或没找到理由改。我没像以前一样，被说得想找个地缝钻进去，脸没有发烫。可能是被雨水冰镇过，我的头脑无法及时应对外来的"攻击"，反应放缓，大脑持续空白。

雨声隔着窗户渗进耳孔，据说在声学上，这是能让人身心放松的白噪声。雨滴有时被窗上的玻璃拦截，"嘟"的一声；有时径直砸进地上的积水里，泛起水泡。

雨声淅淅沥沥的，仿佛非常美妙。偶尔又觉得，似乎没那么温柔。我从潮湿中惊醒，想要摆脱。

风吹得窗户开了又关，关了又开，有几滴雨悄悄溜进了教室，砸在我的图纸上。图案逐渐晕开。

班上的几个同学跑到窗前关窗，衣服被风吹得鼓了起来，他们的脸皱着，也许被成片的雨水砸中了。

脑中的海水再次袭来，冲破空白，像是要马上灌进窗户，淹没教室。

我就站在窗边。我知道若像船长一样坚守，自己会是最先被海水冲击的人。我可以坚守，但得先找到坚守的意义。仅那一刻，我无比确定，建筑并不是我理想中的追求。我想抛弃眼前教室中的一切，宁愿冲进雨里寻找答案。

* * *

稍晚些时候，暂时仍是我男友的机械系毕业生，约我去餐馆吃饭。餐馆仍由我来选择，因为他不知哪家好吃。菜也是我点的，因为他不知哪个菜好吃。

菜品逐渐上齐了，摆在我们之间。他笑嘻嘻地说："你吃不完的，胖子才吃这么多。"

我白了他一眼，这就是他幽默的方式。但对着胖子调侃胖子，可不幽默。喜欢美食有什么问题吗？

可能是因为他的胃不好，吃一点儿就吐。这让他对美食的感知有了缺陷，没法更惬意地品味。他一米八五的个子，体重却只有一百斤，体形和我天差地别。

当然，胃不好不全是他的错。

我们马上聊到了毕业。他问我毕业以后，要不要也和他一起回山里。他父母给他找了工作，到时也可以帮我找一个。我说我不太想，我更想到大城市漂泊一段时间，自己试试能做什么。

"你在做梦，"他夹了一块肉放进我碗里，语言上却直接把我噎回，"漂泊到最后，还不是得稳定吗？"

接着，又自言自语说到前段时间的旅行，将没能成行的原因归结到我的身上。"都怪你。"他说。

"我想学电影。"我打断他，说出这个荒谬的想法。也许在他听来，我只是随口一说，岔开话题。可我知道我的语气坚定，虽然声音很轻。

我盯着面前盘中的菜，没看向他。我没打算和他交代什么，我也用不着和他交代。此刻对我来说，重要的不是成功，重要的是我想。我要尝试，哪怕不成功，我也得试过才能死心。

如我所料，他接下来的话像冰锥一样刺向我：

"你别想一出是一出。

"你又没了解过，万一不合适呢？

"大概率是不合适的。

"人就该安稳，怎么一会儿想去大城市，一会儿要学电影呢？"

…………

他还在喋喋不休。边说边加快手上的动作，愤怒地把饭菜丢进嘴里，像是在朝垃圾桶里扔垃圾。这样没来几下，他便捂住了胃，眉头熟练地紧蹙起来。

我知道，他有些不舒服，也许非常不舒服。可是我也不太舒服。

他捂着胃的手又挪到嘴上，停顿一会儿，最后直接捂着嘴奔到菜馆外。我坐着没动。

如果是第一次吃饭，兴许我还会自责，以为是我让他反胃。确实，我也关切过这件事。可是他自己并不注意。我已经习惯了，他每顿都这样。

何况，现在我也在气头上。

隔着玻璃，我看见他扶住树干，对着地面呕吐。一下一下地起伏上半身，像是要把自己呕出来，表情十分痛苦。呕吐会是他毕生的主题，我想。但我没有半点儿心疼，只是麻木地看着。也许不该这样。

他也像是一棵树，但绝不是强壮、笔直的大树。他恰好与他身边那棵树一样，细长条的，精瘦。

西西曾问过我，她好奇男友一边吃一边吐，我还能吃得下吗。当时我说不介意，我的胃口好。

现在我后悔了。

我开始介意，放下碗筷，不再吃了。他让我觉得恶心。我的情感变化了。

吐完回来，他嘴里还残留着呕吐物的味道。整个人像要散架，喘着气，瘫坐在座椅上。他看我不动筷子，以为我也吃完了。费力地掏出两张一百块，放在饭桌上，推到我面前："去结账吧。"

仍是他一贯的做法。每次吐完就失去力气，什么都要我来处理。虽然没吐的时候，我也同样要处理一切。

我默默接过钱，来到前台，报上桌号。

这就是他请我吃饭的日常。我终于泛起一丝复杂的情感，从麻木中恢复。我能感觉到他对我不差,没有表面上那么差,以他自己的方式对我好。但我不适的感觉是真实的。这和打发我制订旅游计划一样,有种被差遣的感觉。更重要的,是我感到悲哀。并不是对他感到悲哀那么简单,而是感到了更深远的、难以抵御的东西。

我们走在路上,他跟在我身后。我回头看了眼他。

他龇着牙,嘴唇向上翻起,用纸巾擦牙齿上的辣椒。白色的纸巾上,留下支离破碎的红色。

我突然想起在设计院实习的同学,因长期加班,未婚未育便患了子宫肌瘤。当肿瘤从身上切下,放到不锈钢托盘里时,也是这样一抹红吧?还能映出颤抖的、望向肿瘤的脸。

我想,我看到的是生活的肿瘤,以及我自己。

我又看了看男友。要不要从包里找一块镜子给他?可内心又有些抗拒帮他。我处在坚守与逃离的分界线上,我犹豫着。我想让他独立,也许这样对他更有帮助?或者自私一点儿,我只想让自己不再被他依赖。

也许我应该离开他,也许我必须离开他。

* * *

2020年11月28日,早上6点多,天还没亮。我在床上翻了个身,半眯着眼,留意到身边有一点儿光,是男友在玩手机。男友比我大六岁,他说他已经老了,进入中年作息。早晨他总是会醒来一次，然后再睡去。少数情况下，他会直接去隔壁写小说。不过大早上的，醒来以后既不继续睡，也不去写小说的情况，还是很少见。

我伸手拍了拍盖在他腰间的被子，让他别玩手机，赶紧再睡会儿。没想到男友马上说："卡罗去世了。"

我的思绪比双眼先睁开，脑中一片明亮。幻觉似的，仿佛先看到医院的场景，之后才是身边的男友。

我迟钝地从男友手里接过手机，从未在清晨如此清醒，整个身体却如此僵硬。

卡罗是前天晚上入的院，卡罗家属群是前天晚上建的。这才过去不到两天。此时回看群消息，群里堆满卡罗的看护视频，多是我已经看过的。最后的两条却是半小时前——

护士在群里发了个视频，还有一句话："卡罗走了。"

我木讷地看着屏幕，光很刺眼。张开嘴想说什么，眼泪比语言更迅速，呜咽占领了口腔。我一时间无法言语。这是我第一次以成年人的姿态去面对死亡，去承担死亡之重。这是与我距离最近的死亡。

* * *

那天过去的几个月后，男友与朋友约了个饭局。摘下口罩，我们坐在火锅旁，边吃边聊。

朋友得知我们家接连有猫去世，便打听死因，觉得不该如此迅速。在男友一番解释后，他勉强知道了猫瘟的凶险，便又推测我们家的猫无一幸免。追问了好几遍，我们家中是否没有猫了。我们回答："还有一只。"

他便露出不信的样子，或者不可思议："真的还有猫吗？……"仿佛我们的猫就该全部离世。

我们点点头。男友的脸色已经变了。饭桌上的其他人，也都不再说话了。

我很想把口罩重新戴上，而他还在连珠炮似的继续，认知似乎又拨回几分钟前：

"那说到底，猫瘟还是小病嘛……

"传染起来有这么厉害吗？是不是防范措施不行？

"对了，到家没隔离吧？要不就是医生不行。

"再就是，病死的本来抵抗力就不行。

"……哦，刚做完绝育没多久啊，我就说呢。"他终于得到了他想得到的，把杯中酒意味深长地喝完。

"你们干吗先做绝育呢？要是人被阉了后再得病，怕是也得治一阵子。"他大笑起来。

也许觉得幽默得还不够，又嘟囔一句："我就说，这点儿病能死这么多……"

他说得有点儿道理，却不礼貌，很不礼貌。

猫在绝育前应完善疫苗，这是我们的疏忽。我们的疏忽还有很多。但很多事情，理想中的与现实中的，完全是两回事。我们疏忽了很多，但我们考虑到的也并不少。现实是复杂的，要在真实中讨论养猫。

这位未经历过连环猫瘟的朋友,只是在饭局上片面地发表观点,反复言说这些片面。

他没有深入真实,此时也不愿深入真实。就算他愿意,我们一时也难以讲清。他继续调侃我们死去的猫。

他的笑声,让饭桌都跟着晃动。

我盯着火锅上方扭曲的烟,只能哑口无言,想说话又不知从何说起,空有一肚子怨言与委屈。

戴上口罩以后,现实中的对话本来就少了。挤出口罩的,仅是只言片语。为什么还要像现在这样?为何不珍惜真诚说话的机会,要这样无效交流呢?

我把脑中的话盘转了好几遍,很想与他争论。但本就难以说清的事,更无法在这样的环境中说清。

我想告诉他这样说、这样想是错误的。可在这件事中,我们本来就是有错的一方,我们是吗?我该如何表述自己?在他看来,一个重复犯错的人在这个场合,是没有资格表述的吧?

若是不谈现实的复杂,不回到真实,仅是以片面对片面——我真的想把火锅泼到他身上。这是我的情绪。

饭局的后半场我没再笑过,也没再主动说过话。假装口罩回到了脸上,我们隔着看不见的纱布。就这样假装一小时吧,我用假装来保护我自己。

回到家,我趴在床上哭,越想越觉得委屈。

男友少见地安慰了我几句，他很少安慰人。看得出他也有点儿生气。

我分明可以说的，我分明应该说的，可愣是没说。我还是可以说清楚的吧？我该怎么说？

有一瞬间，我感到死去的三只猫的视角，都叠加在我身上。我没帮它们说话，就再也不会有人帮它们说话了。它们本来就不会说话，现在更不能发出声音。它们一定很难过吧？可我不想让它们难过。它们在去世前被病痛折磨，死后却还被误解。

男友说这就是成年人要面对的。要承担的不止死亡，还有误解与玩笑。要面对片面。

男友说，只要有人喜欢猫，就一定有人不喜欢，这是人的多样性，就像有人不喜欢孩子。

"但他这样说话，肯定不对。"男友说，"他展露出他最差的一个片面。"

我仍想回到人类最真诚、最真实的交流中，给生活以机会，给生活以透气的空间。

对彼此的真实不够了解，所以会误解，会片面。可若要了解，就不仅是只言片语。

讲述，是对现实的再次解救。我一定要讲述，要找到机会重新讲述，要完完整整地讲述。

我需要一定的时间与空间，来形成长度。如构筑在纸上的，却可置身其中的建筑。长度，是越来越难得的教养，尤其在这个越来越快的时代，尤其在失却的耐心面前。但也正是长度，能将一切边界与限制取消，让生活跃出单向的线性，在直面真实的真诚中重获广阔。

形成可置身其中的长度，找到耐心，在丰富中见复杂。讲述的长度与讲述本身一样重要。

* * *

打开群里最后一条视频，那是卡罗刚去世时的状态：它侧躺在垫子上，左前爪被医用胶带缠住，笼外接入的输液针管在这里被埋下，药液进入它的身体。卡罗已经不会动了，输液管也被护士拨到了暂停。卡罗的嘴周都被呕吐物染黄了，靠在一侧的侧脸更是垫在一片黄色上。它的下半身被染成另一种深黄色，湿漉漉地沾着排泄物。在卡罗脑袋的不远处，是刚拿下来的"供氧面罩"，由一次性纸杯改成，里面接了一根导管，末端连着外部的供氧机。

我默默关掉这条视频。往前翻，历史消息或是它输液的视频，或是便血、吐血的照片。让人痛心的视频之一，是护士打开门，卡罗挣扎着站起来走到笼边，然后一下栽倒，差点儿摔出笼子，被护士一手托住。在医院里它也睡在猫砂盆中，盆到笼边有一定距离。那时护士说，卡罗已经在用最后的力气了。

在最后抢救的这两天，卡罗是不是很想逃走？我不知道。终日被关在笼里，终日被呕吐物、排泄物浸湿，没有它的朋友，都是些陌生人。

卡罗当初趴在地铁站阶梯上，是不是已经感到不舒服了？也许它还有事未完成，再抢占些地盘，再会会朋友。猫咪总有自己想做的事情。可却被我们不由分说带回了家。回家就是一周的隔离，到医院打针、输液、吃药……我们全力救猫，结果却让它的疼痛又延长了两天。

最后这段时间，卡罗被各种爱包裹住了，我们不可能不喜欢它。但似乎又是它在独自面对。或者一切生命的结束，都只能独自面对。实际上的它是开心的吗？

生命独自面对死亡时的心绪，以及怎样陪伴，怎样缓解痛苦，我可能要很久才能领悟。

我记起一幅画作，《底特律的流产》，那是画家弗里达·卡罗画的流产后的自己：她远远地躺在病床上，许多鲜红的绳子从子宫里伸出来去连接身体之外的器官；那些器官赤裸裸地暴露在外，阴道里流出的血浸湿了病床。

那些红绳像是猫咪卡罗的输液管，身下的血液也像是浸湿卡罗的黄色。也许在历史的某个时刻，我的猫咪卡罗和画家弗里达·卡罗，轨迹开始重合。

我把手机还给男友，从床上坐了起来。躺着时流进头发里的眼泪，顺着耳朵向下淌。几秒钟里，我们都没有说话。黑格尔还窝在床上睡觉，像个影子。

男友摸了摸它的头，轻声说："新来的姐姐去世了。"

黑格尔傻傻的，听不出男友的伤心，以为我们要给它按摩,叫嚷着继续讨要抚摸。

我突然想起刚捡到卡罗那阵,马彦还说要来我们家看猫。他是师大毕业的,与女友同住,离我们家很近,不然也拍不到积水潭的猫。他们家也养了两只小猫。一开始我们怕卡罗有猫鼻支,说先隔离,等过段时间再见。

没想到"过段时间"是这样的结果。

宠物医院里,卡罗的遗体被毯子包得严严实实,躺在航空箱中。那航空箱是和它一起来到医院的,在此之前陪伴过白居易四年,如今却像完成了使命,与卡罗一起摆在那里。我们站在原地,盯着航空箱中裹起来的毯子,想象卡罗此刻的模样。

那是我们第一次经历这种事,不知道该做些什么,像两个等候发落的机器人。

护士说,我们可以把它埋在自家院子里。尸体是重要的病毒载体,感染性很强,不能随便丢弃。或者,建议火化。

可两个普通的"北漂"哪会有院子？更不能埋在山上,不宜挖掘不说,我们也不会把它这样扔下。于情于理都不能。

最后,我们决定火化,保留骨灰。整理仪容与录像,其他被宠爱的猫有的流程,卡罗也会有。

我走到前台,扣掉了会员卡里八百元人民币。站在前台,我脑子里想的居然是：火化的费用,和重症监护室一晚上的监护费一样。

……我为自己感到羞愧,居然这种时候,还要在数据与金钱中换算死亡。

我曾在网上看过这样的话:"猫咪生病,超过买猫的价格,我就不会治。"这不是少数情况,是普遍的,是当代很多年轻人的看法。很多人本身就活在数据里,何况他们的宠物呢?活在数据里的人,又为何需要宠物?

宠物是对流程化的生活的弥补,是一种无用的有用,也是生活的可能性。可也抵挡不住被视作商品,被金钱衡量,在"有用"中消亡,在"效率"中消亡。

猫咪只是生活中可以被抹掉的零头。

* * *

前台护士拿起一瓶粉色喷雾,给我们全身消毒。她告诉我们,病毒的结构不复杂,却很危险。它们只在活细胞内复制,是有活性的代码。只要病毒量足够,且保持活性,就能继续感染新的个体。猫瘟的病毒很强,通常半年后才能保证失去活性。家里应该彻底消毒,消毒时要把其他宠物隔离到其他房间。除了84消毒液和酒精外,也可加一道宠物专用的消毒液,最好再用紫外线灯照射几遍。

我想起医院办公室的紫外线灯随时开启。

"还不一定能杀光呢。"护士说,"紫外线灯的光照有死角。而84消毒液、酒精,都对猫咪的呼吸道有害,喷洒后得散味一段时间,才能让猫咪进那屋子。"

我与男友愕然，从未想过猫瘟病毒这么顽固，开始担心另三只猫的安危。虽然戴着口罩，我却好似没认真理解过病毒。这才意识到，自己离病毒如此之近。

很长一段时间里，我会随时随地想起这些事，我会无可遏止地想起。

如果前一天下午就送去医院，或医疗水平再发达一点儿，或我们晚两天再进行全套体检……是否能对抗病毒？如果体检的那天，病毒量恰好能检出，在早期及时救治，这样卡罗就不会死。可卡罗已经不在了，那都是我的想象。

我还能记起刚捡到卡罗时的开心，记起它在地铁站吃罐头的情景，也记得它刚到我们家时的样子。可现在只剩下了难过。弗里达·卡罗，我们拥有得快，失去得也快，快到像午睡时的一场短梦。

梦里我分明攥住了一样东西，可醒来手里却什么都没有。只有脸上的泪痕和看不见的记忆，能证明一切存在过。

不知网上支持救助的朋友，知道现在这个结果，会是什么样的态度。这已不太重要了。现实是猫咪卡罗真的不再呼吸。

我借别人的话安慰自己，也许死后它会恢复自由，在喵星做只幸福的猫咪。不再面对地球上的人类，找到只属于猫咪的幸福。这是仍存活的人的自我慰藉。

现实是，我不想接受，却不得不接受，卡罗正是流浪猫中"万里挑一"的"万"，是只被病毒淘汰掉的流浪猫。在不相干的人眼中，连简单的数字都算不上。

无比残忍。

我收好火化票据，与男友一起离开医院。迎面走来一个很心急的男人。

"能不能做安乐死？给猫做。"他说，把航空箱放在地上，碰到了柜台的侧板。

"猫咪是什么情况呢？"前台护士问，示意他把航空箱摆上旁边的矮柜。

男人没有理会她，自己在墙上看了价目表，掏出相应的钱，扣在桌上。"扔这儿了！"他说。

笼里的猫爆发出尖厉的叫声。男人已经推开门离开了。真的就把猫放在那儿，自己一个人走了。

前台半张着嘴，与我们一样被吓到。我们都以为只是问价，不想整套交易已经结束。

前台也许想问他是否考虑清楚了，要不要再陪陪这只猫，也许想问猫咪遗体怎么处理……可都没能说出口。

那个男人像甩掉累赘一样，大大方方地逃跑了。猫对他来说，就是生活中的肿瘤吧？

我没敢追过去问这个心急的人，问他的猫到底怎么了。也不可能去追问。我此刻只是个无助的、携带病毒的失败者。哪怕消过毒，我也没法肯定身上的致命病毒不会传染给航空箱里这只猫。即使它是将死的猫。

猫咪在航空箱里，一声接一声，变换各种叫法，叫得超大声。我怕它把自己的喉咙喊破……

一瞬间，我想起卡罗就诊那晚的雪纳瑞，也是叫得很响亮。它的病好了吗？

对这只猫感到心痛之余，我竟有一丝与那晚相似的羡慕。

因为卡罗，已经再也叫不出声了。

可我为什么要羡慕？我为什么会有这样刻薄的想法？这个生命分明也马上要结束。兴许这只猫什么病都没有，只是男人生活中的工具，无用了便丢掉；也兴许，猫咪确实生病了，他不想花更多钱治疗；或往好处想，他知道治疗也于事无补，想帮这只猫提前摆脱病痛。

我不敢多想。

* * *

写作《救猫咪》是为了纪念，因恐惧而纪念。我恐惧遗忘，也恐惧对事件背后深远的涟漪的无知。我怕我不懂得意义。关于死亡与拯救，关于坚守与逃离的界限，我理解得还不够。我要借写作来存续一些东西。

现实生活是单向的、线性的，记忆终将随之下沉，被淹没。

我们的记忆像一艘下沉的巨轮，下沉是一场必经的灾难。每个人都在下沉的记忆中活着，在下沉中活到了现在。我只想轻微地减缓下沉,哪怕一点儿。

我害怕有一天,自己会忘记曾朝夕相处的猫咪。同时也害怕,未来只记得自己写下的事,却淡忘了那些没被写下的事。

写作本身就是不公平的,写作也是选择,对没被写下的部分并不公平。像电影《泰坦尼克号》,看似是对"事件"的拯救,但同时也是一种毁灭。人们也许会记得影片中的故事,可文本的真实会覆盖现实的真实,人们会逐渐忘记那些未被记录的部分。

写《救猫咪》也是如此,我的写作,应对此有明确的自知。我在纪念,同时也在抹去更多没写下的细节。我需要长度,可即使拥有长度,也写不完这一切。我在对抗遗忘。可我对遗忘的对抗,我的书写,远远抵不上我的经历。我要拯救哪些记忆?写下的记忆会加深,没写的记忆,会被写下的那些所挤压,继而变淡、消失。

赫塔·米勒在《心兽》中写道:"我们使用言语,就像脚踩在草地里,会造成破坏。用沉默也是。"

我还是准备写下这件事,这是必要的。我要保持自知地、有限地、尽我所能地,写下这些事情。

我渴望通过写作来拯救猫,或是关于猫的记忆;也希望能拯救自己,像是赎罪,或给自己洗脱;我渴望暂留的部分,能抵达更远的生活。

拯救下沉的记忆。哪怕记忆里的事件,本身也是一场灾难。

***

我们终于走出了医院，走入北京的冬天。

男友仍要去上班，与我走到路口，便拐向另一边。我要一个人走回家。我们家里仅剩三只猫了。

进屋后，我站在鞋柜边，几只猫都出来迎接我。我站着，又给自己喷了一遍酒精。这时男友发消息来，说他已经在网上选好紫外线灯了。

"买个好点的。"我敲出几个字，我们能做的也只剩下消毒了。

我换了身干净衣服，仔细地洗了手，钻进书房，关上门。我感到自己进入了病毒的密林，却希望这只是错觉。

我把立式猫笼里的脏垫子扔了，又把整盆猫砂倒进垃圾桶。把它们连同病毒一起扔掉。我把猫笼整个推到卫生间，洗笼子，洗猫砂盆。洗完了再消毒，消了毒再洗。

我给整个房子消毒，逐个房间消毒，把家里所有的消毒液都用上。我把水拨到最烫，哪怕自己的脚也被烫得通红。我把整个房子喷得湿答答的，像是魔怔了，一遍接一遍地消毒。

我还找出卡罗玩过的玩具，轻轻抚摸，再全部丢掉。

我竟然这样残忍。把卡罗生活过的痕迹，巴不得连带空气，一同清除。

救 黑格尔

荠菜馅儿的春卷在油锅里，发出持续的声音，"嗞嗞嗞"，油水里生成细微的气泡。

男友站在燃气灶前炸春卷，我在一旁看，也许有猫在看着我们。春卷要多久才能炸熟？我不知道。一面炸好，再翻另一面。木筷子在热油里慢慢拨动。一根较满的春卷猛然绽裂，馅料的汁水混进油中。锅里溅起来不少油花，像有人在拍手，听着残忍。

这些声音，让我在今日的疲乏中泛起些食欲，又感到一点儿害怕。

肯定有一滴油溅在了他手臂上。我看到男友颤抖一下，却一句话都没有说，切换回浑然不觉的状态。

男友是个表面冷漠寡言，实则内心敏感的人，常摆出一副抗拒的姿态。这不是说他对事情没有消化能力。他可能躲在他的外表下，以自己独有的方式应对。卡罗去世后的这天，男友下班前发消息给我，说晚上由他来炸春卷。我知道他想做些事情，来缓和卡罗去世对我们造成的冲击。

搅在春卷馅料里的荠菜，是男友爸妈在老家亲自摘剪寄来的。

男友不喜欢收礼物，尤其是爸妈给他寄的东西，这次却不知为何欣然收下了。他特意买了春卷皮，把荠菜绞碎。他要包他家乡的荠菜春卷，说现包现炸的才好吃。

实际上，早晨从医院回来后，我一直哭到了现在，边做事边哭。消毒完房子，就躺在沙发上继续哭，什么也吃不下，也不想做别的事情。

男友告诉我，今天在工位上他把口罩戴得更牢了。他说人对危险与病痛作判断，确实要有了实感才更谨慎，他现在变保守了。他说卡罗这事已无可挽回，另外三只猫的安危是现在的重点。也许危险才刚刚开始。

我们被相同却又不同的东西给魇住了，反正都是恐怖的梦。只能彼此说些安慰的话，尽量把事往好处想。

卡罗是到家后的第六天才发病的，它只在刚到家那天，与白居易有过短暂且远距离的接触。

其余时间我们进出都会消毒，应该没事。

春卷炸完，我打开了电视。

平常我们吃晚饭时，会看一些营救猫咪的视频，比如猫被困高楼之类。这次卡罗的救助失败，让我感到在便捷地获取道德满足感的背后，还有更多的责任。若我只抱有"想要一只乖猫"的自私想法，那是远远不够的。

暂时不想再面对这些，于是我找了一部侯麦的片子，点开，等着男友把春卷端上来。

电影和晚餐开始，男友竟和我聊起了未来。他说我们在北京已有两年多，卡罗事件以后，他考虑了整整一天，觉得想离开北京了。

"不是马上就走，"他说，"也许两三年后吧。"他说自己想重估生活，重估一些关系。

"你呢，你有什么打算吗？"他问。

男友问我，如果他回到南方，我是否会想与他一起。另外，电影专业考研两次失败后，我开始学习写作，也写了几个短篇。男友问我有没有想过，比如写作的未来。

我说当然希望能发表，最好能出书。

男友停顿一下，咬了一口春卷，看着电视屏幕。又问我，要不要转考文学专业的研究生。

我摇了摇头，我完全没想过，暂时不想。

男友说："不管写作还是考研，只要你想做，你选择了，我就会尽可能帮你。"

"如果可以，我希望我们有共同的未来。"他补充道。这不像他平时会说的话。

他还建议说，让我把救卡罗的事情，写成一个短篇小说，童话也行。因为写作是可以疗愈创伤的。

说着他立马放下筷子，在沙发上找了一本书给我。是一本讲自我疗救的二手书，封面可能被暴晒过，有一块像网状的闪电，碎了，被男友用胶带简单补了补。

我问他会不会写，因为我认识他以后，他写作产量很低。

他有些自嘲地笑了笑，表示事情得一件件做，他想先疗救小时候的自己。

我们聊着，把第一批春卷吃完。

我站起身来，准备把这本书放到卧室书桌上。男友准备去炸第二批春卷。

卡罗待过的书房，也就是次卧，现在还关着门。就在沙发后面，一起身我便看到门上的钥匙。那地方现在像是禁地，卡罗发病以后，我们很少去。

我快步掠过书房，拐进卧室，却瞥见了一个黑色斑点。是虫子吗，还是什么污渍？刚端起盘子的男友，也循着我的目光，看向卧室门框的底部。

他走近卧室门口，弯腰仔细查看。

"你鼻子出血了吗？"男友问我。

我没戴眼镜，还在状况外，疑惑地摇了摇头。

男友仍旧端着盘子，转向旁边的猫砂盆，把端盘子的那只手举高，脑袋却钻到了猫砂盆里。

我一开始还觉得这场面好笑，拿着盛食物的盘子，却在观察猫屎。可一想到卡罗便血、吐血的事，马上就笑不出来了。我戴上眼镜，蹲下观察门框上的黑斑。

是血迹，或沾了血的粪便——我马上听到枪声，再次置身于沉船的混乱中，担心被流弹击中。在大海冰水的寒冷之外，新添了威胁。黑色的斑点就是弹痕。

"猫砂盆里是软便，也有血，刚刚谁在里面？"男友起身问。

我们一起环顾，黑格尔刚甩完身上的猫砂浮灰，靠近我们，绕着我们讨春卷吃。

我一把抱起它，检查它的肛门。黑格尔不喜欢别人这样看它的屁股，便一直呜呜叫着，四条腿乱蹬。听到了声音，凡·高跑过来看，生怕黑格尔受了欺负。

"就是黑格尔，"我声音有点儿抖，"它肛门周围有血，可能没拉干净，屁股上的血蹭到了门框下。"

卡罗最后便血、吐血的状况还历历在目，我不能让家中最小的黑格尔也重蹈覆辙。

我立马拨通了医院的电话，一刻也不敢耽搁。男友已经在准备航空箱了。

前台接起电话，她先叫曾为卡罗治疗的医生来听。这位医生说他今天早班，有个手术忙到现在，都过了下班时间，晚上还有事……

我明白了他的意思，也不好厚着脸皮再让他等我，只得让前台问另一位医生。

另一位医生操着南方口音，有些耳熟。他说他住得很远，还有十几分钟就下班了。

我知道时间很紧，马上语无伦次地请他等我们一下，一小下就好。像求人办事的母亲般卑微。

南方口音的医生答应了，但说要快。

我挂了电话。

男友怕忙乱中出错，又检查了一遍燃气，才把黑格尔装进航空箱。我把带血的粪便装进袋子，手机上叫了出租车。两个人都套上大衣，穿着拖鞋就往外跑。出租车上，我们谁都没说话，在口罩下喘粗气。

仅五分钟，我们就到了医院。我果然见过这位医生，卡罗一开始的体检是他做的。

他打开航空箱的顶盖，没把黑格尔抱出来，只用毛巾挡住黑格尔的头，就把拭子捅进了肛门。几秒钟后，他拿出沾了粪便的拭子，将其放入试管里与不知名的液体搅拌，再滴到试卡上。

"等一会儿，别急。"医生说着便开始收拾桌面。

我紧紧盯着试卡，离加样孔较远的一端，一道杠已渐渐显现。又等待了很久，第二道杠似乎没什么进展。

"没什么问题，"医生拿起试卡，凑近观察，"是你们太紧张了。"他也知道我家卡罗刚刚去世。

医生说便血的原因也有很多，列举了一些，比如吃错东西就会便血，让我们不必担心。他说都隔离了，互相传染的概率很小。叫我们回家好好休息，如果猫咪吐了，就再送过来。

"只有吐了才检查得出来吗？"我以为还有更快的途径，特意又问了一句。

"对，多多观察。吐了就赶紧送来。"医生把工牌摘下，摆在一边。

我们记下这句话，和医生道谢，准备叫车回家。

这个时候，才刚到医生的下班时间。

出租车上，我见男友仍心事重重。确实，不管怎样便血都不是好事。我翻来覆去地想：这只不听话的小黑究竟又吃了什么？兴许是昨天煮意面时掉的干面渣磨破了肠道壁吧？毕竟夏天的时候，它还生吞过一根粽子绳呢。

那时它从猫砂盆里跑出来，肛门外一直挂着这根绳，绳子末端挂着一坨便便，走哪儿蹭哪儿。直到我把它抱在怀里，从它肛门里拽出这根绳。记得我从蹲着变成了站着，手快举过头顶了，绳子还没有结束。那时我不知道，猫咪肛门里拉出的东西不能乱拽，有可能会把肠道扯烂。这事我后来想起，还是觉得很惊险。

我看向车窗外，明晃晃的路灯下站着位母亲，她推着婴儿车，正把奶瓶嘴塞进婴儿嘴里。我记起自己年少发烧时母亲的急迫，她常在半夜背着我跑去医院。

我长舒了一口气，觉得黑格尔会像小时候的我一般，总会安然无恙。我第一次感受到做父母的紧张与疲惫。回头看了眼航空箱中的黑格尔，心里的石头暂时落地。

猫是我的孩子，而我被迫成了母亲。

我安慰自己，黑格尔没事，它会好的，我们都会好的。

到家后，我们先拿宠物消毒液把航空箱和自己喷了一遍，才把黑格尔放出来。万一宠物医院有病毒呢？

黑格尔受到了惊吓，还有些紧张，走出笼子探头探脑。它努力闻着空气，可能感到既陌生又熟悉。

凡·高跑了过来，很是急促，它最关心小黑。边跑边骂骂咧咧，像责怪我们把黑格尔带走。它凑到黑格尔跟前，闻了闻，试图用舌头给黑格尔舔毛。

黑格尔没有管凡·高，继续伸直脖子嗅周围的空气，好一会儿，终于确定自己到家了。也许它心有余悸，怕下一秒又被带走，便赶紧抛弃凡·高奔跑起来，朝卧室的最高处——衣柜顶端蹿去。它想直接从地面跳到两米高的柜顶，却重重摔在地面。于是，它只能先跳上猫爬架，再转去书架，最后跌跌撞撞地一跃，落在衣柜顶上。

而白居易此时正在上面安稳地趴着，黑格尔脚下一滑，直接整只猫撞翻了白居易。

白居易赶紧站起身，皱起眉头，朝黑格尔大声"哈"了一句。没错，它是一只会皱眉的猫，也是一只讨厌其他猫的猫。它不喜欢别的猫与自己离得很近，便直接从柜顶跳到地面，一刻也不想和傻黑猫一起待着。

黑格尔还能跳上跳下，它还有精神，这让我们放下心来，回到厨房继续刚刚的进度。

可春卷已不是原来的样子了。摆在一旁的春卷皮干硬得卷起边，一碰就碎。拌好的馅儿与汁水分离，湿答答的。男友不得不让我帮忙挽救。

那些已经包好，甚至预炸过了的春卷，也好不到哪儿去。贴着盘子那一面的春卷皮，被馅料泡得像沾了水的纸巾。

这是才过去二十分钟的样子吗？

我们只得小心翼翼地用手托住，把春卷放入锅中油炸，像是担心它无力承受。

溅起的油花更多了，耳边一阵掌声，听着更加残忍。

炸好后我吹凉尝了一口。这一批春卷被我们手忙脚乱折腾了一番，不再有上次的好味道。黏腻、发腥，少了酥脆与鲜美。男友说得对，春卷现包现炸的才好吃。

现在，它们全然变了味道。

* * *

2020年5月的时候，我们才刚搬到积水潭不久。这儿对我们来说，是新的落脚点，是在北京租住的新家。我们搬运了上万册的书，我也有了自己的书桌。我开始重新计划生活，比如健身，比如在阳台种菜。

我把兴趣从电影专业考研转到文学上，让男友教我写作，劲头十足。

我对家里仅有一只猫的现状，也感到不满足。

要知道白居易这只三岁多的猫，是男友养大的，性格也像男友。对它来说，连我都是后来者。它仗着资格老，家里又没有别的猫，便天不怕地不怕。不让摸，不让抱，平常的教育更是当耳旁风。像个叛逆期的小孩，又像个老顽固。独来独往，喜欢自己待着。

我坐在书桌前完成男友布置的练笔，总是不满足地想：我要猫，我要一只自己的猫。

我的意思是，从小养起，从小建立感情。

养猫的人谁能就养一只猫呢？何况我在北京没什么朋友。

男友曾让我多认识朋友，说在大城市生活，还是得有自己的朋友圈的。他自己不爱社交，但在北京比我认识的人更多。

我想了想，比起工作上的朋友，我还是更需要新的猫。

我完完全全需要猫，彻彻底底需要猫。我要在城市的新生活中，建立属于我的情感联系。

我和男友说要养一只新猫。他说不如养只能欺负白居易的猫，挫挫它的锐气。比如豹猫，因为听说豹猫厉害，看着就很厉害。可万一，厉害到连我们的话也不听呢？岂不是又养一只白居易？

我们假设新猫一定很凶，那还不如养一只黑色小土猫。至少颜色上搭配起来不错。一黑一白，像是黑白双煞，两只猫可以一决高下，也挺有趣。

我看了一些黑猫的照片，确实比白猫有意思，深邃得很无辜，便开始推进黑猫计划。

想到"领养代替购买"的原则，我加了北京猫咪领养群，在里面刷信息。有一天，恰好看到一位主人发布的信息，他家有三只两个月大的小黑猫、一只半岁的橘猫。因为工作的原因，他不得不将它们割舍。可能确实是养不下了。猫三联、狂犬疫苗都暂缺，得领养后自己带去打。他发了些照片，并表明这些猫现在能有偿领养，半卖半送。

好像也可以吧？我看了看这一堆黑猫，把手机递给男友，让他也瞧瞧。男友却点开了橘猫的照片："它长得好忧郁啊，但是很可爱。"

是啊，我从来没见过那样忧郁的猫，仿佛时刻绷紧神经，眼神游移。像是在看镜头，但又像是躲开了。不知道它在想什么。身体线条优美，是只健壮的橘猫。

"那要橘猫？"我问。

"不了，还是先养黑猫吧，橘猫以后再说。"

我加了那位主人私聊起来。原来他也是东北人，我的老乡。得知我们家已有一只猫后，他似乎对我放下心来，同意我领养他家的猫，说他随时在家。

说着，老乡给我发了个视频，问我要哪一只猫。可视频里的三只小黑长得一模一样啊！

画面中先出现两只黑猫，在笼子里玩耍，一只发现镜头后，连忙躲起来，老乡说这是老大，乖巧；另一只胆子大些，跟着镜头往前走，老乡说这是老二，可爱；视频左侧，突然冲进第三只小黑，对老二展开偷袭，很淘气，还扑空了。

老乡说这是老三。后面没有跟形容词。

我说我要老三。

因为这只猫看起来最坏。男友不知道，我还和主人说，那只忧郁的橘猫我也要了。

约了工作日，我错开上下班高峰，一个人提着航空箱坐上地铁。几经换乘，到了老乡家的小区，等他带猫下来。

那是我第一次在现实中见到两个小家伙。老乡告诉我，这两只猫是一起长大的，关系很好。

我与老乡都打开各自的猫笼，没有一只猫出来。老乡把手伸进笼子，掏出一只喵喵叫的小黑猫，塞进我的航空箱。小黑猫只是有点儿好奇，看不出恐惧。

老乡又把手伸回去，掏了好久，才把死命拽着笼子的橘猫抓了出来。看得出来，橘猫超级胆小，和照片中推测出的一致。从被抱出来就开始伪装自己是个玩偶，一动不动地蜷成一个圈，又像条安静的蛇，附在老乡手腕上。它以为这样就不会被送走，可还是进了我的航空箱。

回家时我叫了一辆出租车，路上隔着航空箱，观察这两只小可爱：以后的黑格尔与凡·高，此刻还有点儿惧怕我，尤其是凡·高。我坐在航空箱旁，那时这两只猫的名字我还没想好，只是盯着航空箱里，把它们的形象贴进我对未来十五年的想象中。

这些事情似乎一定会发生：工作时它们蜷缩在我的身边，趴在我腿上；它们会有点儿懒惰，软软胖胖地躺在床上，陪我睡觉；我哭的时候会来蹭我的脑袋，我累的时候过来贴贴我；它们一定爱玩逗猫棒，也爱纸团，会追着激光笔满屋跑……

那时我畅想着，在以后的十几年里，都会有这两只猫的陪伴，直至它们老去。

可等待我的未来，到底是怎样的呢？

在车上，黑格尔与凡·高都很安静，我想它们一定很害怕，怕得要死，却谁都没敢放声大叫。我迫不及待想拉近自己与它们的关系，同时为了安抚，就把手指伸进航空箱。它俩屁股顶着屁股，挤在一起。

黑格尔面朝着我，不太怕陌生人。凡·高背冲我，显然有些应激。

我便戳了戳凡·高的后背，它有些犹豫地回头看了我一眼。转头时脖子的位置皱起几层，把脸颊的肉推到下眼袋上，一边眼睛变成了眯眯眼。我还没太看清，它便胆怯地转回脑袋。真可爱，我心想。

黑格尔确实不怕生，看到我把手指伸进来，直接站起身，走近我的手指，把鼻子贴在我手上闻。我能感觉到它潮湿的鼻息。这只小黑猫呀，就是个对世界充满好奇、不知道害怕的小孩。

此刻我的内心已经开始坚信,它们一定都比爱咬人的白居易可爱。

到家后,我把航空箱放在门口地上,没来得及换鞋,就先跑去把卧室门关上。我出门的时候,白居易在卧室的衣柜里睡觉。它喜欢自己用趾甲拉开柜门,睡在里面。我们搬到这儿之前,它就习惯睡在衣柜里。

我怕它听到动静不对,突然冲出来狂揍这两只猫。关好卧室门,我折回门口蹲下,小心翼翼地打开猫笼。

两只猫没有理会我,仍待在笼中嗅屋里的空气。它们一定闻到了白居易的味道:那只凶狠的母猫!

此刻谁都不想先踏入危险。我把手伸进去,轻而易举地拿出黑格尔,就像我老乡做的那样。

小黑猫真的好小,很好拿,又笨笨的,不知道反抗。我把它放在膝盖上,摸摸毛,安抚一下,也让它熟悉我的味道,再放到地面。

落地后黑格尔先呆了一秒,继而四下闻闻,毛茸茸的尾巴绷直打在地面上。眼前的景色观察完了,它僵硬地回过头,像是怕被我再捉到吧,又看了眼凡·高。

潜台词可能是:"我先跑了!"竞走似的,飞速地蹿到附近的电视柜下。

四只爪跑起来静悄悄的,一点儿声音也没发出来。

凡·高依旧是不敢出来,用趾甲死死钩着笼底板子的缝隙。我只得缓慢地，先拽起来一只爪子，再拽起来一只爪子，让它与依存的板子分开，再抱到膝盖上。

它仍像个猫咪抱枕，或像蛇一样始终蜷缩，拿出来后没了笼子里的倔劲。只紧张地弯曲身子，背上的毛竖起，变成一团刺猬。

我把它放到地面的一瞬，它便疯狂逃离，四只爪子在地上胡乱游走。没像黑格尔一样收起爪尖，而是直接用未修剪的趾甲敲击地板，发出噼里啪啦的声音。

可是地面太滑，趾甲不抓地，它愣是原地踏步了好几秒。

凡·高先从门口冲进书房，发现是死胡同，又从书房折回门口，再从门口逃到书房……

忙碌了好几趟，终于躲到沙发下，正好在黑格尔对面。两只猫咪就这样都躲好了。

我看看这一只，再看看那一只。

我们六目相对，面面相觑了好一会儿。

那时我还不了解猫的行为逻辑，虽说已养了一年多的猫。我以为自己能够控制得了局面，以为这正是互相认识的好时机，便打开卧室的门，把白居易从衣柜里抱了出来。心想万一事情不对，要打起来，也能及时把白居易抱走。只是互相打个照面而已。

那时我只知道新来的猫会应激，却不知原住民也会应激。并且白居易的凶，根本不在我预估范围内，远超我的想象。

白居易出来后，就以攻击的姿势钉在客厅中央。四条腿绷直撑住弓起的身子，整个肚皮都没有着地。粉色的鼻头变得鲜红，微仰着头，奋力嗅着。

一出门，白居易就看到了黑格尔。小黑不太知道害怕，也不太会藏匿，只简单找了个遮蔽处，没能很好地藏起自己。白居易直直地盯着黑格尔，屁股左右摇晃，尾巴凶猛地拍打地面，发出硬物碰撞的声音。

猫在伺机进攻敌人的时候会这样，抑或是生气。电视节目里，猫科动物扑杀猎物就是这样。白居易平常就不好惹，我从没见它这样愤怒。

黑格尔也不逃，眼神呆呆的，不知是觉得逃不掉，还是根本不知道别的猫要攻击它。

此时我深觉不妙，知道大事不好，怕黑格尔被白居易打死（以白居易的战斗力与愤怒指数，不排除这可能），伸出手想挽回局面，把白居易抱回卧室关起来。

可那时白居易已往出冲，我赶紧去拽，却不小心拽到白居易的尾巴……

白居易没迟疑一秒，大"哈"一声，回头咬住了我的手腕。非常迅速，根本来不及躲闪。

四颗交错的犬牙陷进我的肉里，手腕的血淌到了地面。

白居易愤怒到不认人，死不松口，把对陌生猫的恨意转移到我身上。这样持续了不知几秒，它才松开口，再次转向黑格尔，还要继续战斗。

白居易已经失去了理智！

我顾不及手上流出的血，失去了对痛感的判断，用这手一把拽住它的后脖颈，一鼓作气折回卧室。

白居易不停地咆哮，四只爪子在空中乱蹬，把我胳膊也划开了几道。那时我痛的知觉完全延后。我拎着它冲进卧室，把它扔到床上，用后背把门关起来。

白居易在床上弓起背，背上的毛乍起，像不认识我一样。对我猛烈地"哈"了几声，便躲到了床下。

我倚靠在门上，感觉后背的衣服被汗浸湿，贴在我与门之间。精神有些恍惚，身体也脱力。分明才走几步路，却累得像跑了几十公里。

就这样站了几秒，大脑一片空白。

等我准备开门离开时，才发现地面有一串血滴，是从我被咬的手腕流出的。手腕上的血刚刚流到了肘关节，现在又折回去流，顺着指尖往下滴。见到自己的鲜血，我感到恐惧，又混合着恶心。这时更深的疼痛从手腕传来。

我的感官复苏，开始清晰地接纳疼痛的浪潮。

我尝试抬起右手，想看看伤口，可它却失去了控制，使不上劲，垂在身体一侧。我努力回想，刚才如何用这只手拎起白居易的？却根本想不起来。

惊魂未定中，我只能用左手掏出手机，给男友打电话。我感到自己说话像含着水，舌头僵直。声音抖得厉害，左手也在颤抖。我努力用肩膀带动整个右臂抬起来，仔细观察伤口，发现皮下的肉都翻开了,露出更深层的肉。我一瞬间觉得无比眩晕,呕吐感又冒了上来。

那是下午两三点钟。男友打车从公司赶回来,带我去医院缝了几针,打免疫球蛋白等。

* * *

那次失败的会面,直到写作的现在,我仍难以准确评价。那是临时爆发的紧急事件,只要稍有耐心一点儿就不会如此。白居易的脾气虽然不好,却不是不近人情的猫。

那次失败的会面,是黑格尔、凡·高与这个家的初见,也展现了白居易的性格。

我不讨厌白居易,但不可能完全不怕它。之后白居易像是忘了这件事。我把它在我手上留下的疤凑到它面前,它若无其事,只是舔舔舌头。兴许对它来说这并不重要,但更有可能的是,它不过是一只猫,并不知事件会在时间中产生涟漪。

那次失败的会面,让我在养猫这件事上受挫。第一次试图建立感情受挫,第一次养"自己的猫"受挫。是对我的初次质问:想养新猫,现在你后悔了吗?一些疤痕会在时间里产生影响,产生我不知道的影响。

* * *

我们采取了一些措施，两只小猫被我们短期隔离在书房。书房的床上、地上、书架上堆满了书，平日里隔着门，能听到一些书掉落在地上的声音。可知两只猫在里面跑得很欢。但我们一进书房，它们就马上安静，一只猫也找不到。

我们商量了之后，买了个三层立式大猫笼放在书房，俗称"猫咪别墅"。这样活动空间应该足够，又能迅速找到它们。之后，可以作为它们与白居易熟悉的工具。

在过渡时期，还能防止它们被书堆砸到。毕竟它们没习惯都是书的空间。这样的空间对人对猫都很危险（据说有位书店老板，就是被书箱砸中去世的，我让男友千万小心）。

那两只猫不排斥这个笼子，甚至有点儿喜欢，尤其是凡·高。记得老乡发来的视频里，它们原本就是在笼子里长大的。在外租房，养宠物的空间受限，有时难免采取下策。笼养虽然不提倡，却也为隔离提供了便利。

我们每天打开笼子几小时，让它们熟悉书房，玩一会儿再放回笼子。没过多久，笼子与书房就都成了它们的地盘。它们也从出了笼子就逃进角落，过渡到出了笼子肯和我们玩，不再躲藏。这花费了一个月的时间。

我们这才把书房的门打开，让它们在笼子里与白居易互相熟悉。

白居易一开始只远远地看，恨不得坐在客厅最远处监视。后来，倒是愿意接近了，不过是匍匐在地面，伺机前进。走到笼子旁，大声地"哈"一句，又匆忙小跑离开。一副你们奈何不了我的样子。笼里的两只小猫却没有任何敌意。

　　看来形势大好，计划顺利！我们把立式猫笼推到客厅，让它们继续适应。这次很快，不到一周，它们就不害怕了，可以在客厅里放心玩耍。

　　小猫还是调皮，家里的杂物又太多，我们只好白天把它们放出来，晚上睡觉把它们关进大笼子。据我的观察，黑格尔弄掉东西的概率远高于凡·高。

　　那时每次到了晚上，一旦把这两只关进了笼子，白居易就故意走去客厅，满脸傲气地在笼子边绕来绕去，甚至在它们面前打滚。像是在炫耀自己有无尽的自由。

　　又过一段时间后。白天，只要它俩不要犯贱地去袭击白居易，白居易也不主动打它们了。它们碰掉杂物的次数也在减少。我们考虑再观察观察，就让猫笼退役。

　　那是不久后的事，三只猫都能自由活动了。

　　不过，白居易不喜欢和它们一起玩，一见面就对它们大声地"哈"，然后躲到高处冷眼观望。

　　家里有了小猫，白居易更是改了脾气，像是变成了大人，成了其他猫的长辈，不再淘气。它很少与它们两只追逐打闹，也很少争夺什么玩具与罐头，大多数时候都是自己钻进被子睡觉，不带其他猫一起。

可有这两只猫在，白居易的安静时光总是短暂的。等到黑格尔自以为与白居易混熟后，便每每趁白居易在被中睡觉时，一下子跳上床，假装什么都不知道，隔着被子踩在白居易身上。

白居易被吵醒会先动一动，接着就隔被子打黑格尔，或者大声地"呜呜哈哈"，可以说是破口大骂。这时黑格尔会呆呆地望着蠕动的被子，觉得有趣，认为白居易在和它玩。笨笨地，伸出小黑爪对鼓起的被子一顿暴击。

两只猫隔着被子对打起来。

最后白居易受不了，便钻出被子，看看是谁在踩自己，"哈"着给那猫一巴掌后，换个地方继续睡。

如果那时我也在被子里睡觉，就要背黑锅了。背黑锅的意思是，我为黑格尔背锅。先被白居易反击的永远是我，它遵循就近原则，看到什么打什么。

有时黑格尔一跳到被子上，我就大叫一声："下去！不然把你关回笼子了。"当然，它听不懂的。

那段时间，我们一有折扣便买超大份猫粮、猫砂。那两只小猫，完全是干饭机器，它俩一个月吃的东西是白居易往常三个月的量。我们把各式各样的猫抓板堆在房间里，玩具老鼠、小纸团，更是出现在家里的所有角落。

有时它俩本好端端地坐在我们身上，会突然蹬脚起跳，从高处降落时也把我们当作缓冲，不顾我们的惨叫。趁我们的脚伸出被子时，站起身用爪子击打我们的脚丫。男友也会和我说同样的话:"哪只猫?把你关回笼子了。"

那段时间有新猫陪伴,我的写作也确实有了进展,至少我自己这么认为。我会趁黑格尔经过身边,一把将它抱住,让它陪我看书。我发现它虽然淘气,却是没有戒心的猫,不会觉得我要揍它一顿。它短暂在我身上躺一会儿,就开始咬这个咬那个。我把它推到一旁,说:"走走走,躺都躺不明白。"后来它反而有了习惯,每次经过就跳到我身上,我也配合地抱它十秒钟。

如果是凡·高被抱住,它就会全身僵掉,像个雕塑,悄悄让自己往下滑,好飞快地跑走。

我有时坐在书桌前,完成男友给的写作练习,有时躺在沙发上看书。

我在男友新到的快递中,拆出一本有趣的二手书。封面、书名都很有意思,翻开来第一页更有意思了:七岁的主角骑着快马在北京街头。我不求甚解地一口气读完,认定这位叫阿梅丽·诺冬的作家,就是我的此时最爱。那匹快马不是马,而是主角的童年想象,我也曾把水泡子想象成大海。

诺冬的小说有恶作剧的感觉,又很天真。写起童年来似真似假,一顿胡思乱想,快乐与痛并存。

读完后我有一种冲动,想以童年的自己为主角,写几个与东北相关的小说。

诺冬七岁的主角与北京三里屯的关系,让我想到自己短暂的童年记忆,还有变化中的东北街道与楼房。

记得在昆明读大学的那几年,假期回老家后我时常找不到原有的路。有位老师说90后没有故乡,因为社会进步太快,旧的街道被成批更新了。我想用小说的形式,把自己重新带回记忆之中。也让同龄人,至少是亲朋好友,能有重回记忆故乡的可能。

记忆作为一种空间,正与建筑相似,这是我的写作优势。

也是那段时间,我读了一些与猫有关的书。我喜欢朱天心的《猎人们》,其中那篇《李家宝》让我哭了很久。当时的我还不知道,后来我会以一种方式,远程拥抱她的愧疚与后悔,更深地同步她的亏欠与自责。

男友的写作也有了新进展。他开始走路上下班,边步行边听书。他说他听完了《会饮篇》,以及几个我没记住的名字,说磨了好几年的短篇能成了,他要根据这些写个小说。"每天半夜起床写,去书房写!"他斗志满满。

他对待写作过于认真,为一个作品投入精力太多,好几年才写一个短篇。有时候吃饭,边吃就边跑去记想法。有时候我见他没在做事,便和他聊天,他也会两手空空地说:"我在写小说呢。"他想得很快,写得很慢。但是写完投出去以后,编辑不知道这些,也不管这些,所幸他自己不太在乎发表。

来北京的两年多里,我只见他写出过一个短篇,还是刚认识他时的事情。

也许是因为这样,他头发白得很快,发箍一推,长发更显得花白一片。

"这次一定能写完。"他说。

"不过,《会饮篇》是啥?"我问。

他设了固定闹钟,每天半夜去书房写。他说每晚横卧在书桌上陪他的,是白居易。毕竟白居易是他亲手养大的。那时,黑格尔大概躺在我枕边吧,或者脚下的位置。凡·高会趴得更远些。男友说这次写得如有神助。

几周以后他果然写完了,对他来说是神速,那是个不分段的短篇小说。他很开心,说他写任何东西都快,只是筹备很耗工夫。我对此持保留态度。

男友把小说拿给他的主编读,主编读得偏头痛直发作。但男友还是斥三十元巨资,买了个水晶奖杯,以奖励自己。

男友告诉我说,他可以这样写,也必须这样写,我就不该这样写。每个人进入写作的路径不同,写作的形态是作者自己推演出来的,每个人都不同。他这样写,是对自己保持诚实,而我应该有另外的诚实……

没错,我也不想学这样写。

那时,我们家是三只猫的盛世,新的住所,新的猫……新的生活,新的计划!一切都是新的,都能通往未来。

猫咪频频闯祸,却懂得在闯祸后撒娇,让我每一天既生气又治愈。我讨厌它们,又打心底里喜欢它们。

* * *

黑格尔发病的前一天,我们设想过猫瘟会再袭,虽然有了持续的防护,却没真正做好心理准备。再次来犯的竟然真的还是猫瘟。黑格尔当然更不知道,它是一只懵懂的猫咪。

我们至今没有弄明白,它便血到底是因为什么。现在的我们,也只知道结果。

黑格尔仍喜欢凑热闹,见白居易跳到客厅书架的最高处,便跟着人家跳了上去。把白居易挤走,趴在那箱影印版《鲁迅手稿丛编》上睡觉。

可到了那天的傍晚,黑格尔就不愿意动了。它略显僵硬地趴在沙发一侧,揣着前爪,身子没有舒展开,肚皮与沙发边缘谨慎地贴合,看着失去了精神。

我喂它吃东西,它也不吃。

那时我们有了新的送治标准,遵循着医生的话,以"吐"为标志进行观察。一方面觉得黑格尔异常,一方面又谴责自己太过敏感,别再搞错了。若不是猫瘟,那就是普通便血的反应,就是普通的难受。

医生说等吐了赶紧送,我们就再等等。

这样的等待让人焦虑。在等待发病的时间里,我既期待黑格尔能平安无事,又希望它能快点发病。比如在医生下班前吐，我就能立马把它送去医院。

可黑格尔仍旧默默地抗争，默默地趴着，不说话，不吃东西。

直到我们躺在床上，准备入睡，黑格尔也没有吐。

凌晨3点，我们在熟睡中听到慌张的叫声，很长的几声。黑格尔每次吐毛球前，会因害怕叫得超大声，让人听着跟着心痛。此时更是凄厉得令人揪心。

凡·高关心黑格尔，比我们先赶去，凑到黑格尔的呕吐物旁开始嗅。我们马上把凡·高赶走，怕它闻了被传染，并尽快清理干净。其实内心也知道，如果病毒从卡罗扩散到其他猫，家中的三只有一只开始发病，其他两只就谁也逃脱不了。因为它们一直都在一起，再减少接触都已经无效。

黑格尔吐出的黄色液体与卡罗一致，但我仍在想，呕吐的原因也有很多种，猫本来就常常呕吐。

我一面徒劳地欺骗自己，一面打开手机找医院，搜到几家二十四小时宠物医院。可是路程太远，各种差评又很多。我们害怕不靠谱，又怕太晚打不到车冻到猫，太远了住院也不方便探视。怎么办呢？

我看了一眼黑格尔，它坐在一旁看着我们。应该天亮了也来得及？

我切换到卡罗看病时的医院，预约了天亮后最早的门诊。

黑格尔重新安静地趴到我们的被子上，仍旧是僵硬地揣着手。我摸摸它的下巴，它还会"咕噜噜"回应我，只是眼睛无神。我们静悄悄地躺着,轻声说话,腿不敢动来动去,不敢去打扰它。

我们现在能做的,可能也只是这个了。

怎么就能被传染了呢?我问自己。不,希望不是传染,我又想。

想到接下来黑格尔要在医院经历的事,还没开始治疗,就心疼起来,满脑子想的都是:一定要治好,用什么办法都要治好。

我不想投降!哪怕是失败的努力。

我要向不可能的乌托邦努力!

我们再也没能睡着。男友说起正做的一本书,印刷文件已发到印厂,但是核算成本,发现定价压不住。要走临时改价程序,改封底与图书资料,重新签字。

而我想,这可能是我们最近的烦心事中,最轻的一件了。我让他赶紧睡会儿,可他也睡不着。

时间过得很慢,我再次抬起头看了看脚边。黑格尔不像往常一样在床上仰躺着,张开四肢。它还保持着刚刚谨慎的姿势,安静地揣着前爪,压住床脚的一小块被子。也许其他姿势都不能让肠胃舒服,它看起来很焦虑、失落。

早晨6点左右,门诊时间未到,黑格尔下床吐了一次。

到了8点,男友理应去上班了。他问是否要请假和我一起去医院,我说还是我一个人吧。两个人去也不能让病好得更快。说完,我因通宵熬夜打了个哈欠。

男友今天不再步行去上班，而是选择挤地铁。

又是我一个人带猫去医院。我小心地把黑格尔抓进笼子，它很乖，没有挣脱，也从不会咬人。一直以来抓它都很简单，现在更是简单得让人心碎。

打车到了宠物医院，遇见给卡罗诊疗的医生。他叹了口气，拿出拭子，塞到黑格尔的身后。黑格尔没有抵抗，医生也轻轻一刮就拿出来了。又取出透明的溶液，用拭子搅拌，将液体滴进试卡加样孔。

等待，等待，我静静地盯着。

三天前的夜晚，黑格尔也是这样检查的，此时又重复了一遍。不同的是，这次，试卡上出现了两道杠。

——猫瘟阳性，确诊。

医生又抽了一管黑格尔的血，去检验具体数据。抽完等结果时，黑格尔从桌上跳到我腿上，窝成一小团蜷缩着。它大概又疼又害怕，全身颤抖，像一只抖动的小黑鸟。我拍拍它，手臂一上一下环抱住。黑格尔把它的小脑袋搭在了我左手腕，往我臂弯里钻了钻。

"没事的，别害怕。"我说。没什么底气，更像在给自己催眠。

黑格尔的温度通过我的手腕传到我全身，我心里说不上是担心还是欣慰。我居然被这样子依赖着。黑格尔也许把我当成它最亲的朋友，或是母亲？我不知道。

我确实想成为一个成年人,成为它的母亲。可就现在来说,这两项我都做得不好——

甚至,越来越失去养猫的资格。

医生取完化验单重新回来时,黑格尔吓得浑身一激灵。医生说黑格尔数据很好,白细胞数量正常,平均红细胞血红蛋白浓度也正常,就连粪便现在也是干的。医生还说,黑格尔治愈的概率很高,白天治疗时观察一下,如果情况良好,晚上就领回去过夜,不用住院特护。

我有些顾虑,问这样会不会太折腾,对黑格尔不好。医生说没事,还劝我乐观。可当我追问能不能救活时,医生却只是说:"概率很高,但不能保证。"

我拿着医生开的化验单、处方单,还有一些类似住院护理的单子到前台付款。银行卡里钱不够了。

前台建议我充值会员卡。我有些抵触,当即拒绝。可前台说,今天一次就要三千多,完全可以多充点儿。充五千赠五百,充一万赠一千。

我站在那儿,网银里的钱早已花光。想着黑格尔一定能坚持到痊愈的,便从小额借贷里先借了五千。

前台随口说了一句:"现在这个情况,可能充一万都不够。"

我隔着口罩礼貌地笑了笑,对这话有些怀疑。当时我还不知道,前台是最能看清一切的。

我还不知道，后来会往卡里充近四万块钱。到那个时候，钱已不是最重要的问题了。

付完款，我走到重症监护室。还是卡罗住过的那一间，还是老位置，被消毒得像是卡罗从未来过。黑格尔正被两个护士抱着埋针。我从走廊远远地走过去时，它没看到我，在护士怀里一动不动，也许害怕。可一见到我便像见了救星，立马扭动身体，十分强烈地要挣脱护士奔向我。

在当时的情境里，我突然多了份信心。黑格尔有力气逃，是好征兆。我暗自感到开心。

可事情过去很久后，我才逐渐意识到：我出现在走廊的一瞬间给了它多大的勇气，让它不再害怕原本恐惧的事物，勇敢地挣脱，奔向我。我真的值得这份信任吗？

我们本可一起奔向未来的吧？在它心里，我竟是那样重要的、给它安全感与勇气的人。

我自己都不知道，我无形中已承担起了这份责任。

护士紧紧地攥住黑格尔的四爪，不让它挣脱。黑格尔只能吵闹地叫着，身子在护士怀里乱拧。它把头转向我，眼睛瞪得大大的，盯着我像在说："你怎么不来帮我？"可我不能，不帮就是帮忙。

黑格尔见反抗无效，护士不放手，它便使坏。转身对着护士的塑料名牌，狠狠咬了两个洞。

护士哭笑不得，小声骂了句："你这小坏蛋！"

它还有精神调皮，这对我来说，在刚刚的基础上又加了份信心。我在心里笑起来，还发信息告诉了男友。男友说，护士也许没见过这样无理的病人。

我开始告诉自己，黑格尔一定能够治愈。它的数据这么好，我们送来得也不迟。我开始幻想它出院后在笼子里隔离的样子，它一定大声嚷着要出来玩。我心想冬天太冷，前几天卡罗都觉得冷了，不能让黑格尔就这样被隔离在书房。便在网上买了一张笼内用的垫子，等着黑格尔回来时用。

走出医院时，空中飞过一只喜鹊。我赶紧拿出手机拍下，再次和男友分享喜悦。

晚上男友下班，说由他顺道去宠物医院，看看黑格尔的情况，叫我不用再跑一趟了。

听说情况还不错，医生嘱咐了几句，让男友把黑格尔带回家过夜。

"我们到家啦，病快好啦！"男友把航空箱放下。当然，黑格尔听不太懂，它又在四处打量。

男友给我转述医生的话，说黑格尔一下午都没吐，精神不错，护士还给它吃了半根猫条呢。

男友还说，等黑格尔再好些，就让我去接黑格尔，它更喜欢我，我接它回家它也一定更开心。我想都没想就答应了，沉浸在黑格尔即将痊愈的开心之中，却不知根本没有下次。

黑格尔被安置在书房，那个如今已被清理了几遍的大猫笼里。它的眼神四处游走，这虽是它熟悉的猫笼与书房，可它还是有些紧张，也许出门时受到了惊吓。

黑格尔埋针的爪子肿肿的，比另一只爪大一圈，像黑熊崽的爪子。有可能是被勒得不过血，也可能是输液太多而浮肿。

我把黑格尔的爪子放在手心里握了握，有点儿心疼。它才这么小一只猫，就要受苦。但也没有更好的办法。

为了和黑格尔多待一会儿，我隔着笼子喂它吃了根猫条。黑格尔像以前一样，吃得津津有味，想把塑料包装也吃下去。黑格尔重新有了食欲，我觉得胜利就在眼前。

吃完猫条后，我给黑格尔备好猫粮和水，准备离开书房。它应该好好睡个觉，恢复体力。可没等我走出房间，便听见黑格尔在我身后大声叫起来，扯着嗓子，叫得特别大声，像是我要把它抛弃了一样。

黑格尔总是这样号叫，孤单要叫，犯错被关进猫笼也要叫。

我有点儿犹豫了，对它来说什么更重要？是独自休息，还是亲友的陪伴呢？

此时凡·高听见叫声，想冲进书房，被我一脚拦在外面。我实在不敢让它进去，害怕它被传染。我也走出了书房，把门关上。凡·高见状，便不停地挠门，低声呜咽，想通过自己的力量进屋，或让黑格尔在里面帮它开门。

我用消毒棉片擦了门把手，又给自己的鞋底喷了酒精。

凡·高一定是想照顾小黑吧？黑格尔会是一只幸运猫的，它拥有了这么多的爱。

可黑格尔还是在叫，叫声总不免让人心酸、不知如何是好。"也许叫累了自己就停了。"男友安慰我。平常这个时间会在十分钟以上。

我们既害怕黑格尔因独自被关在书房难过，又怕它出来后乱吃乱跳，扯坏埋针的伤口。

最重要的一点，我们怕把病带给凡·高、白居易，虽然已是板上钉钉的事……

既然已成定局，为何不打开书房的门，让凡·高多陪陪它呢？我们也可以多陪伴。

现在写作的我当然认为，陪伴才是黑格尔最需要的。再给我一次选择，除了晚会在书房多陪它，我还会想在宠物医院陪它输液。可当时的我，无法做这样大无畏的决定，我想得不够清楚。

毫不意外地，凡·高也很快发了病，被我带去宠物医院。它和黑格尔住在同一重症监护室，上下铺。

* * *

在昆明读书的最后一年，我决定报考电影专业的研究生。这是我自己的事，没有人能劝下我了。

我在网上捋了一遍备考攻略，开始疯狂买网课、买书、买笔记。不画图的日常，就是把自己封闭在出租房里备考。我没申请系里自习室的位置。一方面觉得有了不同的方向，另一方面觉得往返浪费时间，便独自宅在出租房里，默默努力。

在这之前的某个时间，当时的男友拒绝了我的分手提议。但一个月后，因我忙着学生会的工作，常常没空回复他，他便仿佛在试探，主动提出分手。

于是我借机得以解脱。那些曾用来与他聊天的时间与精力，像堆积的手机缓存，整理过后被重新释放出来，我可以尽量用到读书与看电影上。

也许社交圈有异性缺席后，总会冒出新的异性，试图重新占据缓存。哪怕我没有想法。

我也并不排斥，因为生活不能全无调剂。

其中有个新认识的异性，时常出现在我的对话框里，说些不靠谱的情话，能让人轻易看穿。与他聊天，算是我备考之余的消遣项目。

我的生活看似仍与学建筑画图时一样单调，甚至因我双线备战，更加辛苦。我却觉得充满希望，每天睡醒，都觉得甜丝丝的。

这是我自己选择的生活，投入时便义无反顾。每天除了偶尔聊天，应付着画图，就是按部就班地学习，幻想在电影学院读研的未来，幻想自己拍摄的电影投上银幕。

还没考上研究生，我就开始骄傲起来，把之前爱看的爆米花电影抛在脑后，崇尚起了文艺片。刚开始学习电影，对一切都觉得新奇，随时都在进步。至少我自己认为是。所有固化的、与电影艺术相关的观念都正在被撕破，在重新建立。

我不再瞧得上影院里那些商业片，逢人便假模假样地，以伪专业的姿态探讨。

我知道了王家卫，心想把镜头晃得看不清背景，就是文艺片了吧？我好像有点儿喜欢，又好像没那么喜欢。

应该是我看得还不够多，我努力说服自己。

我还和当时那位异性朋友聊了起来。听说我喜欢，他便用他那口播音腔，读了几段王家卫经典台词。一方面投我所好，一方面炫耀自己的声音。

点开语音后我笑了笑，确实挺好听的。后来才了解，他没有看过王家卫的电影，哪怕任何一部。

接下来我又知道了侯孝贤、杨德昌，才发现文艺片不只是晃镜头，我一开始的认识是片面的。晃镜头也很复杂，没有想象中那么简单；在晃镜头之外，还有长镜头，有构图、光影、调度……

文艺片并不由镜头定义，文艺片很难定义。我被自己的无知吓了一跳。

我渴望认识更专业的人，跳出自己固有的圈子，不把社交只当调剂。似乎是吸引力法则，当很想完成一件事时，事情便会向自己想要的方向靠拢。

逐渐，认识的朋友越来越厉害。我变得低调，与别人谈论电影时，不再敢随意抛出观点，提问也多于表达。

我怕自己说错,怕把自己当场推翻。我变得更加努力,想暗暗刷新自己。心想只要我懂得够多,就能少说错,就能恢复表达的自信。

于是,更多与电影相关的书籍,奔涌进我的出租房。

有一本叫《救猫咪》,关于编剧法则的书,商业片的编剧技巧——没错,在与新朋友的沟通中,我发现自己对商业片的认知,也是狭隘的。我的知识体系好像千疮百孔,我要到处消除盲点,到处补漏。

书上说,那些成功的商业片中,主角通常会采取一种行为,让观众迅速产生好感,支持他,希望他获得胜利。这种认同感,就像路上有人在爬树救猫咪,你迫切希望看到他救下那只猫。

影视编剧的一个技巧:认同感,建立情感联系。

对我来说,我认同自己选择的生活。选择,就是情感联系。

我在书上画了很多标注,恨不得把整本书塞进嘴里吃下去。说实在的,按书中的理念写剧本,也许能少犯错,但离优秀的剧本还是很远。可对我来说,从工科跨考电影,能找到一本容易消化的书,跟着学到皮毛就不错了。

我无法读懂电影专著,也几乎读不懂文科论文。

要学的东西实在太多,靠突击全部掌握是不可能的。我只能让自己先学能看懂的。我只能勉励自己多学,再多学,把所有书都写得密密麻麻。

有时累了，那位新认识的异性朋友会问我有没有空。我也得换换脑子，否则事倍功半，忘得比学得还快就惨了。他会带我玩《人类一败涂地》，那段时间很火的电脑游戏，并叫上他的兄弟一起，大家开着语音闯关。

这游戏的设定傻呆呆的，角色像是超市门前不断充气的玩偶，手脚好似能跟着风飘起来。游戏开发者完全是在为难玩家！

我们艰难地控制四肢，在不同场景里跳来跳去，勇闯难关。那位异性朋友在游戏里帮我划船，带我一起跳山崖。我总是操作不当，猛地把他推到平台外。我们都大笑起来。

有次我没操作好，我操纵的角色一手抓住他兄弟的头。两个角色以极其荒谬的姿势，扭打在一起。我们盯着屏幕无能为力，它们就这样滚下悬崖。

那位异性朋友便很生气，退掉游戏后，私信我，说他吃醋了。

他这样说，像我们真的是男女朋友。可我们并没有在一起。我对他的认同感不够。

他也并不主动确认关系，而是随时点一下，时刻保持暧昧。不建立具体的联系，我便不会轻易选择他。我没时间猜测情感。后来又经过一些事，我顺势把关系推远了，更专注于研究生的备考，继续埋头读书、看电影。

或许等到那个游戏不再火了，没人玩了，他就找到下一个暧昧对象了吧。

＊＊＊

　　反复观看《泰坦尼克号》成为我的备考日常。这部电影在我认知里，是商业电影中的文艺片，能学到很多东西。

　　我学着拆解人物形象，循着线索，去找到人物的变化。我发现罗丝的变化很大，她的改变比杰克大，是真正的主角。她是一个经历了蜕变的人物。她不想再当瓷娃娃了，经历一系列事件后，她确实焕然一新。

　　哪怕巨轮下沉，她的生活也没停止。她仍有丰富的人生，生命力一直延续到满头银发。

　　而杰克的变化就较少，在电影里的工具性质更强。

　　从创作者的角度，我更喜欢罗丝，因为她让整个电影有了灵魂，有了深度。而从反复观影的观众的角度，我有了足够空间分配注意力，便更喜欢杰克，或其他被"工具性质"束缚住的人。

　　他们站在情节点上，像扳手一样产生扭力。他们在现实中没得选择，在影视作品中依旧没得选择，被创作者的主题所挟持。

　　再后来我会觉得，罗丝的生命力也是设定的一部分，也是工具性质的，只是显得更有层次。

　　我逐渐不以罗丝为主角来看，逐渐试图超越工具性，发现了更多有意味的事。

比如罗丝的母亲，为了家族利益牺牲女儿幸福，让女儿嫁给不爱的人。这是对她的工具化设定，她成为值得被对抗的对象。

为了证明她的自私，巨轮下沉时，导演让她抢先登上救生艇。她不理会身后船长的呼喊，不愿折回去救更多的人，与少量富人一起划离大船。

这个场景也许参考了史实，但电影中让反派这样做，是为了区分对与错，反复证明罗丝母亲的自私。

而现实生活中的对与错，没那么容易区分。

罗丝有没有可能是自私的？为了爱情不顾家族利益，让母亲失去了有钱的生活，也失去了女儿。

我们更认同罗丝，是因为爱情至上，可现实中没那么简单。现实中罗丝与她的母亲，到底谁更自私呢？我不敢想象她母亲，一个落魄贵族的后半生该如何度过。

我会这么想，是因为想到自己的父母，他们的后半生我也无法知晓。毕业从事建筑设计工作，也许是最稳妥的生活，我却自私地做了选择。我的未来，是我一个人的吗？我把父母绑在了我未知的未来上。

我在人生轨迹的转折点上，奢侈地挥霍。

我任性的背后，消耗的是亲密关系中的信任。

考电影学院这件事父母知道。他们知道我选择跨专业、跨地区、跨学校。

我选择的路难上加难，希望渺茫。现实中的父母不是反派，没有怨言，还表示支持。他们安慰我说找工作不急，能养得起我，哪怕生活已经很有压力。

他们总是如此。反衬出我的梦想多么自私。

亲密关系中的信任、付出，限度又在哪里呢？

…………

漫长的备考过程中，电影与生活，两个互相映照的话题，似在逐渐变得紧密。我意识到电影与生活的复杂。

到了国庆，距离考研还有两个月，我有些焦虑。不同的朋友分别约我出门旅行，都被我拒绝。合租的姐姐也回了大理老家。我一个人在出租房备考，忍受昆明入秋的凉意与孤独，这时就连食堂打饭的人都变少了。

假期的第三天，我一个人拿着餐盒，从食堂打饭回来。坐到书桌前，边吃边学艺术概论。书上写满挨挨挤挤的笔记，文字好像浮了起来，我眼前一片模糊。

麻木中感到一种落寞，我突然就流下了泪。

我想要回家。我一定要回家。

我不知自己怎么了，像是被什么击中，突然想要依靠，突然想家。我快一年没有回家了。

我在手机上订了第二天的航班，和母亲发了信息，开始收拾行李。我将二十多本书装在了行李箱里，只带了两件衣服。收拾妥当后，我收到了母亲的回复。她没有质问我，而是对我说："行。"

到家那天晚上，母亲带我去楼下的面馆。我边吃边和她诉苦，把在云南备考时一人承受的压力，全部宣泄出来。

在这之前，我看到别人说备战时会哭，心里还觉得疑惑。而现在，我知道那是战线拉长后，被压力击溃的眼泪。我不想撤回我的选择，不想撤回我的自私，我已经在这条轨迹上。我无法分担父母的压力，我自己承受的也已够多。我甚至要让母亲分担我的压力。

那晚母亲没有说话，只是默默地听着我哭诉，继续吃面。

我记得五岁那年，母亲还年轻。有天她一个人在厨房，开着门做菜，留我在她能看到的位置玩。我躺在床上，歪着脑袋，看着电视里的《蓝精灵》。看到兴起处，就在床上滚来滚去。我想自己就像一团毛绒球。

小孩子的脑子像是没法控制身体，玩疯了也不知道停下。我就这样反反复复滚着，滚出床铺边缘了，才想起要刹闸。已经来不及了，我直接从高床上砸到地面。

我脑袋左侧先落地，再是肩膀。头与肩膀在地面劈叉，之后是整个身体倒下。就这个瞬间，我的左胳膊不会动了，头也很难转过来。我想我一定是残废了。

我哇哇大哭，哭声盖过油烟机的声音，传进母亲耳朵里。母亲赶忙熄了火，抱着我跑去楼下诊所。

诊所的医生不会看，边叹气边摇头，让我去医院拍片。

母亲匆忙叫一辆出租车，又抱我奔去医院。挂号、检查……等我被送去拍片了，母亲才有空借医院的电话打给父亲。

"左边锁骨折了，"那位医生说，"不算大问题，但要操心的事不少。"

我的左手被绑在胸前，绷带在脖子上绕了一圈。我想我像个怪物。

医生不让我用左手的力，让我休息。我便不再去学前班，不再下楼和小伙伴玩。被迫在家待了两三周，还胖了几斤。只是父母瘦了，他们的体重都到了我这里。

两个月后，我的左锁骨快好了……新闻里传来"非典"的消息。

那时很多大城市里人们都要戴口罩，我家这小地方还不用。于是我仍旧每天裸着脸跑出去，迎面走来同样裸着脸的人。直到我不停地咳嗽。

一开始父母以为是感冒，或扁桃体发炎，谁也没往大了想。后来终日不好，还愈演愈烈，父母觉得老这么咳，怕是会影响锁骨康复。

他们又疑神疑鬼，觉得我得了"非典"，硬往大了想。这下可好了！

母亲带我去大城市看病，那里所有人都戴着口罩，我从没见过哪个医院有那么多人。带着消毒水味道的刺鼻空气不停进入肺部，所有人都在无形之中多了层隔阂，眼神里藏着排斥。母亲在人群里穿梭，一手拿着要交费的单子，一手拽着我。她的手心汗津津的，和她额头一样，手背却干巴巴的。

医生说我是普通肺炎，感冒引起的肺炎。他急匆匆地在本上写，再撕下来递给母亲，让我们去楼下抓药。我扫了眼那张纸，上面写些看不懂的字。我问母亲，结果母亲这位语文老师也不认识。

我们带着单子来到楼下，护士看了几眼，从身后一堆小盒子里抓了很多干柴般的药材出来。母亲说这是中药，要熬着喝，苦是苦点，但能治病。

从大城市回到家，每晚固定时间我会捏起鼻子，"咕咚咕咚"地喝下一碗由干柴般的材料熬制的、可乐颜色的汤药。它真的太难喝了。

那段时间，他俩为了我轮番上阵。父亲不知从哪听来了秘方，把猪血与什么草药搅在一起，变成黏糊糊的深褐色，一把一把涂抹在我的前胸后背。说是可以去肺火。

那东西一上身凉凉的，很舒服。可十多分钟后会变得像不能弯腰的盔甲，硬邦邦的，每走一步都会掉渣。我要一直保持到睡前，只能站着，不能坐着。

坐下的话，胸腔会感到压迫，让我泛起一阵干呕。

于是我抗议，不想继续涂了。但抗议无效，这是父母的良苦用心。这些秘方中不知哪一个，还确实有效，我只能继续。大概又过去半个多月，我的肺炎好了，准备去上小学。父母也该操心新一轮的事了。

*　*　*

夏天时，黑格尔与凡·高到家快满两个月，已经适应了新环境。我们准备给它们洗一次澡，就这么一次。白居易是很少洗澡的，我们觉得猫不太需要洗澡，它们自己会打理干净。但刚接手的猫适应新家后，感觉可以洗一次。

大热天的，我们把书房里的空调调成了制热模式，准备等热风把书房灌满后，我们就率先抱黑格尔去卫生间洗澡。这样它们洗完进来，浑身湿淋淋的，也不至于冻感冒。

它们已经很熟悉我们了。虽然胆子不算太大，家里来陌生人还是会躲起来。基于平常的信任，我们才能够给它们洗澡。

但是不知道它们洗澡时，会不会像白居易一样狂躁。毕竟多数猫咪是怕水的。我们还是穿上了长袖的衣服，以防被抓伤。

男友把黑格尔放在洗漱台的池子里。一开始它还好奇地打量，以为我们要和它玩。结果我拿起喷头，刚贴着它的身子一冲，它便"嗷呜嗷呜"地叫起来，吓得不轻。

男友赶忙扶住它，我匆匆抹上宠物香波，试着抓出泡沫。

黑格尔在池子里爬上爬下，想赶紧逃出去，可它爪子湿漉漉的，刚扶上池子边缘，就瞬间滑下来。哪怕成功把两只爪站了上去，也会被男友拦下。屡战屡败。

我们不敢洗太久，把泡沫冲掉就马上结束。黑格尔眼睛瞪得滴溜圆，洗澡已经把它吓坏了，更不用说吹风机。于是我们没给它吹毛。

把它擦到半干，放进干净的航空箱里，拿去热乎乎的书房。

之所以没把黑格尔放进大笼子里，是因为那里有猫砂盆，它湿漉漉的，一定会弄一身猫砂。也没放它到外面，受了惊的猫最喜欢躲藏。要是躲到沙发下，一定会沾满灰尘，变成一只灰扑扑的蓝猫，那就白洗啦。

还是待在航空箱里，让热风烘干后再出来吧。

接着，我们把凡·高抱进了池子。它一样胆小，却很有力，灵活地挣脱了。男友一把抓住它，重新放回池子按住。它的力气大，我们费了不少劲来防止它逃跑。仍是匆匆洗完。我们浑身被洗澡水溅得湿透，夹杂汗水。

可没想到，等我们给凡·高擦完毛，送回书房，整个书房都变得臭烘烘的——

是黑格尔，它拉在了航空箱里，屁股上也都是屎！

估计是第一次洗澡太害怕了。但这样，我们也只能抱它去卫生间，再给它洗一次屁股。

黑格尔又叫得超响了，声音嘶哑，很有穿透力。要有人路过我们家，怕是会觉得里面在虐猫。整个过程，白居易都消失不见。从一开始黑格尔被抱起来，它就知道此地不宜久留。

黑格尔经常这样子叫。只要有一点儿不满意，无论在笼子里,还是外面,随时可以大声叫起来。有时是抗议人,有时是抗议猫,叫得肆无忌惮,直抒胸臆。

我会嫌它烦,说"别叫了",还会骂骂它。如果骂也不见效,那就打它的屁股。

在外面的时候很难逮着它,要是在笼子里则好办很多。可黑格尔不知会被惩罚,在我开门的一瞬间,马上咕噜声震天响,以为我要放它出去。多数情况下我会心软,干脆让它出去玩会儿。它也算如愿以偿。

少数情况下实在生气,揍它两下,它好像消停了,不敢出声。等关上笼子门,它又开始大声叫起来。

我知道这是恶性循环的后果,却仍忍不住想:真是一只讨人厌的猫!

在它们还小时也一样,每到夜晚,怕它们乱咬电线与杂物,黑格尔与凡·高会住回猫咪别墅。进去以后,凡·高乖乖地窝在吊床里,好似很有安全感,从不叫嚷要出来。黑格尔就不一样,它厌恶了笼子,只想在外面疯玩。关进笼子的第一秒,就开始喊叫。

它嚷了半天,发现我们不理它,才会消停。我说的消停,是指在笼子里噼里啪啦找东西玩,不再大叫。

我们送它的玩具就摆在笼子里,少说也有三四种,可在它看来,这些不是最好玩的。这只小坏猫一定也要跳到吊床上,抱住凡·高的尾巴啃。或趁凡·高趴在三层铁丝平台上时,跳到二层,站起来钩凡·高溢出的绒毛。

凡·高很少生气，大多数时候都任由黑格尔摆弄。凡·高的脾气好，它们又一起长大，凡·高就是黑格尔的哥哥。

极少数时候，它也会被黑格尔搅得不耐烦，开始反抗。我见过几次凡·高主动打猫与"哈"猫，也都是用在黑格尔身上。

凡·高会用它那有力的爪子按住黑格尔的头，趁黑格尔动弹不得时，对它小声"哈"一句，以示警告。

可这对黑格尔来说没什么用。黑格尔对我们的话都置之不理，何况是面对好脾气的哥哥。等凡·高收回爪子，便仍继续玩它的……凡·高无计可施了。

男友说黑格尔在家里最小，知道有人（猫）宠它，就放肆任性。可这小坏猫的缺点不止这些，它还喜欢攀比，喜欢有样学样，抢着学。那些不懂事的小孩该有的毛病，它都一个不差地拥有。

黑格尔会学凡·高。刚被允许出笼子玩的那会儿，凡·高还认生，一出来就找地方躲藏自己。也许觉得高处安全，它就用爪子钩住窗帘，一路钩着窗帘表面爬到窗帘杆上，找好位置在光溜溜的杆上趴着。

黑格尔见状便学，它不知钩住窗帘要伸出趾甲，从床上对着窗帘一跃，直接拿肉垫在窗帘上踏步。

下一秒便摔在地上，还是屁股着地……它这样做可不是一两次，下次仍会对着窗帘猛冲。

黑格尔还会学白居易。白居易喜欢钻进被子睡觉，把我们铺在床上的被子顶开一角，钻进去。黑格尔会在被子外踩白居易，觉得好玩。等到次数多了以后，它也有了新追求，想掌握钻被子的技能。

可它就是学不会，白居易也不教它。即使它把被子拱得乱七八糟，也钻不进去，有时甚至能把整床被子拱到地上。它就愣愣地坐在床上，闪闪眼睛，像耕地失败的老牛。

当我坐在书桌前打字或看书时，白居易会跳到我的腿上，趴平了睡觉。我的腿上便很温暖。白居易若嫌角度不够，会用爪子轻拍，让我跷起二郎腿。等我跷起来，它满意了，就在交叠处舒服地窝下。

这时，黑格尔总会大叫一声，冲到我腿上，把白居易挤下去。正如它常常跳进吊床，把凡·高挤掉一样。

它想学白居易一样趴着。我不清楚它是在争宠还是学别的猫，有时故意想逗它玩，就把跷起的双腿重新放回原位。这可好了，它更不知道如何趴在人的腿上了。

在我腿上走来走去，愣是找不到地方趴。

我就趁机把它抱起来，让它肚皮朝上地坐在我的双腿之间。它喜欢这个姿势，像人一样坐着，背靠着我。

只要我不去打字，它就能坐上一会儿。

练习写作时我总坐在书桌前，这场景重复了多次，重复到我以为会永远如此。

当我写作练累了,我就往床上一躺,被子一盖,喊一声"白居易"。白居易悠闲地从远处走到我边上,像是散步。我拍拍胸口的被子,它乖乖趴下,用它的肚皮为我暖肚皮。白居易虽然脾气不好,却很聪明,知道人的身体哪里可以踩,哪里不可以踩。

用同样的方法叫黑格尔,情况完全不同。黑格尔会大声叫嚷着奔过来,大概以为我有什么好吃的给它,或者找它玩。它还不明白人要休息。

黑格尔扑到床上后,见我手上没有吃的,就会"咕噜"着,用小黑脑袋拱拱我的手。然后,像一匹失去平衡的黑马,一下侧倒在床上。

我像与白居易交流那样,拍拍胸口的被子,黑格尔就站到我胸前,低下脑袋继续顶我的手。

"快趴下。"我对它说。爪子把我踩得有一点儿痛,猫在人身上趴平了才舒服。

可是它听不懂,四个爪子蹬得直直的,还凑过来舔我的嘴唇,也许以为我在吃东西。

我只好轻轻地按它后背,想把它按成一团柔软的猫,在我的胸口趴平。可它又瞬间倒下,像刚才侧倒下去一样。不过这次,是直接从我身上滚了下去,又从床上滚到了地面。它龇牙咧嘴地爬起来,晃晃脑袋,跑走了。

哎,我怎么选了只最傻的领养呢?怪不得领养的视频里,讲到老三就没有介绍。

那时白居易还称得上一家之主，说什么是什么，黑格尔也还不敢打白居易。白居易揍它它就挨着，也不反抗。

等到黑格尔长大一点儿，它开始追着白居易跑，想要和白居易玩。可白居易根本不想和它玩，怕麻烦，就逃，常常在逃跑过程中，偷偷回身给黑格尔一嘴巴。但没用，黑格尔仍旧要玩，才不会死心。那段时间，黑格尔的嘴里时常叼着几缕白毛，都是从白居易身上扯下来的……

再后来，它更加强壮，能与白居易正面互殴了。

黑格尔的年龄在长，战斗力在涨，可性格还是没变，依旧像小孩子一样蛮横、不讲理。我们让着它，其他猫也让着它。

黑格尔亲人、亲猫，从不咬人挠人。但因为想和其他猫玩，经常"碰瓷"，把房间搅得一团糟。

我的日常就是收拾黑格尔搞的烂摊子。

书架上的各种书被它蹬落地面，这还是好的，可怎么说它都不长记性。等它长大一点儿，晚上也睡在外面时，清晨我就会被它踩醒。有时是从窗帘杆上跳下来，直接摔在我脸上。它依旧不会爬窗帘，但知道可以从衣柜顶上跳上窗帘杆。

有时它会打翻垃圾桶，为了找到里面的麻辣鸡肉丸包装。猫不能吃咸吃辣，我们只能把一些有味道的垃圾，拿去厕所垃圾桶丢掉，再牢牢关起门。

最厉害的时候，黑格尔学会了开书房的门！但只有一次，不知是不是凑巧。

黑格尔总喜欢到处跟着我,把我绊倒,而我怎样都甩不掉这个累赘。

对于黑格尔开门这件事,男友表示难以置信,但又感到骄傲。他白天要上班,很少收拾烂摊子。他说黑格尔有自己的小宇宙,再给它一点儿时间,它会很聪明。

而我逢人就吐槽黑格尔,经常指着它摔碎的东西,冲它咆哮:"黑格尔你气死我了!"

那时我觉得自己一定超讨厌这只猫。它除了亲人,找不到任何优点。

* * *

2018年12月末,北京,我站在报考的电影学院凉亭里。兴许是在云南待久了,连北京都让我感到冷。我穿着雪地靴,仍旧被冻得不停跺脚。寒风阵阵,透过我的棉服钻进毛衣,再钻进骨子里。周围的树也被冻得只剩树杈,与我一同在风中摇晃。

我身边零星有几个人,有人坐着看书,有人站着看书。只有我盯着空气,吃炸鸡。

感受到了他们的学习氛围,我不自觉地掏出单词笔记,开始边看笔记边吃,但一个单词也没看进脑子里。

此刻上午的研究生考试刚结束,是午休时间。下一科在四十分钟后开始。

住宿的酒店我是提前两个月订的,却仍订晚了。没想到考生那么多。没抢到考点周边的酒店,只能选了家稍远的,须乘地铁往返。我根本来不及回酒店午休吃饭,只得待在校园里。我本想钻进某间教室的,可教学楼都上了锁,我进不去,只能在外头冻着。

学校食堂只能用卡消费。我应该提前办一张食堂卡的,可我忘了。或者说,我根本不知道能办。等我挤进食堂时,已有成群的人排队在柜台前,有的是本校生在充钱,有的是外校考生在办卡。

我想,可能排到我的时候,都已经开考了吧。

环视了一圈食堂座位,基本坐满了,少有的空位也是帮朋友占的。可我在这所学校没有朋友,也没有考伴,没人帮我占座。我感到跨考生的孤单。

打量他们桌上的饭菜,都泛着油光,看起来十分可口。我总怕吃得太油,导致下午拉肚子。可问题是我连饭菜都吃不上。

最后,我选中食堂门口的炸鸡,只有它可以用现金支付。所以不如说,是炸鸡选中了我。

我催眠自己,这鸡块炸得又干又脆,不会坏肚子的。但还是有点儿担心,就只买了一小袋。

买好炸鸡,我走出食堂,推开像军大衣一样厚的门帘,迎面撞上几个穿着羽绒服的学生。他们手中拿着摄像机与场记板，有的人还拿着皱巴巴的剧本。

我看了眼衣服上的校名，正是我报考的学校。他们朝我笑笑，走进温暖的食堂。

这里的生活是他们的日常，有趣的日常，是我想要得到的新的日常。而我正拿着可怜兮兮的炸鸡，顶着寒风往外头走去。我连该去哪儿吃都不知道。

其他的教学楼全部封闭，我一栋建筑一栋建筑地试探，结果只有食堂和咖啡店开放。食堂拥挤，咖啡店都是打扮得很考究的人在聊天。他们看起来很厉害，不像我这个灰头土脸的工科生。三五人一起，在讨论电影语言，时不时冒出几句英文。

我觉得我不配进去，更不好意思问他们："您身旁的座位是空的吗？"

他们都是成群结队，而我形单影只。

到最后，不知怎么地，我就站在了学校中间的凉亭里。零下十几度的天气，冬日的凉亭。开始只有我一个人，后来又有几个站在了我身边。

我们一同拿着食物，复习下午即将考试的科目。

我就这样熬过了两天考试。考完后，我马上回到云南，忙毕设，同时准备毕业相关的各种琐事。

时间过得很快，接着就到了第二年的春天，各大网站开始公布成绩。我握紧拳头，咬住嘴唇，对着正在加载的网页，心里有了奇怪的虔诚感。

分数出来，我差了七分，与复试无缘。而西西报考我们隔壁的学校，过了，还是学建筑。与此同时，已有同学敲定毕业后去设计院了。是我不想继续走的道路。

西西劝我调剂到云南的艺术学校，我也只能调剂回云南。但我不想，我只要那所国内影视类最好的学校。

我坚信，如果重来一次，在现在的分数上起跳，我一定可以考上。

昆明的天气千变万化，一旦下了雨，气温会立马冷上几度。我准备顶着毛毛雨去教室上课。晴天下雨，照理会有彩虹，但我始终没见到。

我套了件厚外套，窝囊地一手打着伞，一手挂着个帆布袋出门，袋子里装着些上课用的草图。

才出门没几步，我裤兜里的手机响了。实在是不方便，手腾不开，我便没有理会。铃声响了一阵才停，我猜电话那头的人挺有耐心。

可马上，也就不到五步的工夫，铃声又响了起来。

我的铃声很轻柔，配合着雨声却格外急促，像在催我赶紧接起来。我只得匆忙地用脖子和肩膀夹着伞柄，一只手勉强扶住，另一只手卖力地掏出手机。

是个陌生号。我接起来还没说话，里面就传来了前男友的声音：

"是我，不要挂！不要挂！"他叫嚷着。

我挂了。这是分手后我接到他的第一百个电话。很奇怪，他总在我不方便的时候打来电话求复合。

已经快一年了,他还在用不同的号码打来,自己的、父母的、朋友的。

生活中的任何时候,实习时、复习时、做毕设时……我接起一个又一个电话,拉黑一个又一个号码,却总有新的号码打来。

我尝试过根本不接,可总是怕电话的那端是快递,是学校里的其他老师。总不好所有的陌生号都不接。但竟然真的都是他。

想到最后提分手的是他,现在不厌其烦骚扰的也是他,有些可笑。而我此时的人生更加可笑,我活在被追杀、定位的恐惧里。不只是被前男友骚扰,我更怕被固定的未来锁死。我很不耐烦,但又跳脱不出。

雨中,我熟练地将这号码拉黑,把手机放入裤袋。另一侧帆布袋里的草图又被淋湿了,与上次一样。图纸上还未最终定型的建筑在纸上晕开,像被海水冲刷,整幅图成了水墨画。

我又一次想到泰坦尼克号。在它撞冰山后,海水灌进了船舱。那时,还没人相信它会沉没。

* * *

黑格尔生病后的几个夜晚,我都会失眠,躺在床上不自觉地想到它。晚上,住院群里每隔两小时会发它的视频,我总是看过一条又想等下一条,熬到凌晨三四点才入睡。睡两三个小时就起床,等医院一开门,便去陪猫。下午再回家补会儿觉。

又是北京清晨不到6点,天仍是黑漆漆的。翻身途中,我听到男友好像在讲话。我从床上坐起,听到他似乎在客厅打电话。我把台灯点亮。

男友正好打完电话,走回到卧室:"你怎么醒了,再睡会儿吧。"

"黑格尔没事吧?"我问。

"没有新消息,就是到吸氧视频为止。"男友说。

"这么早,谁的电话啊?"

"是作者。"男友说是那本改价的书,作者表示反正在改价,就连夜修了一稿,想替换进去。

"能替换吗?"

"当然来不及,要重走流程,不是想替就替。核对稿件也要时间,还可能动版。真要替换,就不是一两天了……还是赶紧印吧。"男友苦笑了一下,说作者有点儿天真,"但是,不天真的人很难写作。"

我脑中一闪而过的是诺冬,我想诺冬就是天真的人。但此时我更关心我的猫,我还是想看一眼群。

"你手机给我看一下。"我说。我习惯睡前关掉手机的网络,此时还不想打开。

我接过手机,打开猫咪家属群,消息加载中。

接着,赫然刷出了新消息,5点49分:"黑格尔没挺过去,没能听见心率。"几分钟前的消息。

我反复滑动屏幕,想再刷出些什么,却只有简短的文字,没有视频也没有照片。再往前翻,就是黑格尔戴供氧面罩的消息。那时是凌晨3点,它侧躺在笼子里,呼吸有点儿费劲。两只脚僵直在身后,像一双平行的筷子,没有交叠在一起。

我还想睡醒早点去陪这只淘气鬼。半夜值班护士说有点儿危险时,也没很在意。可它现在已经不在了,这一天才刚开始,就不在了……

我把手机递还给男友,缓缓躺下去。我关掉台灯。

房间里又一片漆黑。我让自己就这样往下滑,躲到被子更深的地方。我把眼睛死死闭上,没敢再睁开。我感到男友坐上床,也进到了被子里。

看到消息的那一秒,我就感到喉咙发紧。我用力挡住这个冲击,我的脸憋得发胀、发酸,我死命咬住嘴唇,将头埋进被子忍住哭泣。可哽咽的哭声仍像决堤的洪水,成片地越过防线,到最后,我"哇"一声吼了出来。

那状态像极了儿时,为一点儿小事哭到喘不上气。

我的眼睛很难再睁开了。猛烈的喘息,把我的脸挤得又酸又痛。我也害怕睁开眼,就算我睁开眼,一片漆黑里也再不会有一双锃亮的眼睛看着我,等着我去摸它;再也不会有只黑猫隐在黑暗里,被我不小心踢到。

我害怕睁开眼的一瞬间,我就忘记了过去,我只能接受现实。所有的记忆都汹涌地变成过去,昨天真实的生命也变成过去。我还害怕一睁眼,眼泪就立马涌出来,不受控制。

可眼泪是锋利的,光是闭着眼,我已满脸是泪。

我没有说话,也说不出话。哭声让我没法自由地喘气,更没法说话。

我挪动身体,把眼泪擦在了枕头上,缓和好一阵子才睁开眼,仍哭得上气不接下气。男友伸出胳膊,抱了抱我。我看向男友,断断续续讲出一句干哑的话:

"我……超喜欢小黑的。"我说,非常坚定。

这是我得知黑格尔去世后说的第一句话。似乎没经过大脑思考,而是直觉中脱出的一句话,所以最真实。话一出口,我更加伤心了。

那只活着的时候被我不停骂、各种嫌弃的黑格尔,去世后我想起它的第一感觉,居然是"喜欢"。我为自己的后知后觉而后悔,我号啕大哭。

我咬到了舌头,口腔中透出血的味道。

原来我一直那么喜欢黑格尔,和它喜欢我一样。只是我以为自己很讨厌它。

男友没有说话。黑暗中我隐约看到,他的睫毛也被泪水打湿了,贴在眼眶上。他的手背在湿润的眼睛上快速抹了一把,又重新伸到我脖子下,试图抱紧我。

我哭得更凶了,肆意释放自己的情绪。

我想到昨天早上才送去治病的凡·高。重症监护室此刻只剩凡·高了。它可能全都看到了吧?见过黑格尔的生与死,最后什么也做不了。它和黑格尔关系那么好，应该比我更难过。可它自己也生病了。

这天是2020年12月3日的清晨，我们仅剩两只猫了。

我只知道猫瘟病毒很强，却不知竟然能这么强，那凡·高怎么办呢？白居易怎么办呢？我有了强烈的挫败感，想吐。想保持韧性，却觉得自己无能为力。

死亡是生命必经的，可我仍没有做好准备，哪怕只是面对猫咪的去世。

黑格尔发病治疗的第一天，是回家过夜的。但在家待了一晚再送去时，状态已不算太好，比头天治疗后差了很多。每次想起这个，我都会谴责自己。

明明是第二次遭遇猫瘟，却仍未意识到问题的严重性。我与男友听信了医生的话，真的相信情况有好转，将它带回了家。

也许，书房的隔离加剧了它的病情？也许，我们该坚持让它在医院输液。也许怎么选择都不对……

那天夜里，它在书房吐了几次，也有便水痕迹。早晨去看它的时候，它眼神呆滞地站起身迎接我，试图朝我喵喵叫，却很难发出声音。不叫的时候也半张着嘴，合不上，控制不住地流口水。

我看着它嘴角湿润打绺的毛，心像被揪住了一样难过。我只能说些安慰它的话。无论我说什么，黑格尔只是隔着笼子蹭蹭我的手指，我也摸摸它的脸。它在回应我，但比平常虚弱了很多。

黑格尔真的听得懂我说了什么吗？我不知道。它只是一只猫咪，这我知道。

猫咪并没有大家玩笑时说的那么聪明，何况它才八个月大。也许它根本不知道自己生病，只是感觉不舒服，更不知道自己就在死亡边缘。

回想起来，我觉得猫与人的感情，或许真的不建立在言语上。从它的角度来说，人在与不在身边才是最重要的。猫咪也要亲友的陪伴。

黑格尔一定很痛，一定很害怕。它应该也想和我抱怨，说它的难受，说它的所求。可它已没有力气向我倾诉，不再能叫嚷着大声讲话了。我只能猜测，看它的神情猜测，想要多猜出一些内容。

哪怕我知道，猫咪那么简单，没有太多东西要说。

曾经我听不懂，嫌它吵闹，可它现在说不出话了，我却在语言的惯性里执拗，渴望能听到、听懂它一句半句的喧闹。

黑格尔在家里横行霸道，是因为它信任我们。可它还是怕生的，它不认识医院里的人，会恐惧他们接近自己。我不知道我不在医院时，它会不会以为自己被抛弃了。

胆小、害怕、伤心，情绪恶化到影响病情吗？……是这样吗，还是我太过敏感？

靠更直觉的方式，靠意念，或仅靠存在来维持爱，而不依靠言语。我猜，这是动物与人的沟通方式。它们只有依靠并信任感官捕捉到的爱，来苦苦支撑自己活下去，去忍受病痛。

可这份病痛是我间接带给它的，这份爱真的能撑起它坚强的生命吗？值得吗？……

回想被病痛折磨的黑格尔，我也会想，可能离开对它来说是更好的。我想起被病痛折磨的亲人，只能卧床在家，时常重复："真不如死了算了。"每次见面我都会哭。

我知道黑格尔到最后会长时间地吐血、便血，像卡罗一样；尿液与粪便会不受器官控制，在体内生成后直接流到体外；呕吐，严重时哪怕打了止吐针，也不会有奇效。就像人类面临死亡时，在病房吸氧、吸痰，到最后哪怕打了强心针，也几近徒劳。

黑格尔的胃已空荡荡了几天，它却还在不停地吐黄水、吐胃黏膜，本就是么小一只，兴许哪一次就会把自己整个吐出来。每一次呕吐都会让猫的状况变得更差，吐血更是。一次接一次，逐渐耗尽自己。在病毒量下降以后，病痛仍没有结束，大量呕吐、便血后，很大可能会引起肠胃出血、腹积水等并发症，严重时还须手术治疗，再一次面临死亡……

我的这些负面的、或是不常规的想法，在这时冒出来——既然活着会受更多的苦，既然知道救不过来，那不如早点死掉，没那么痛苦地死掉。

这是临终关怀的课题了。可是面对急症，我实在难以判断，我会犹豫……

不救又怎么知道活不过来？要救，我更倾向于救。

这可能就是生死边缘的悖论。

我想起逃课看《泰坦尼克号》时向我求救的小孩，他的模样在此时突然清晰。他留着短发，穿着半袖，正呆呆躲在桌子下，不知现在该逃出船舱。我试图辨认，猜测他是个小男孩。他看着海水即将漫过自己，却还在迷茫地呐喊。他不知道逃，或许，他不知该向哪个方向逃。

"往外逃！逃出船舱……"我如今仿佛意识到什么，无比努力地朝他叫喊。

可是，他仍缩在桌子下面。他听不见。只有我能听见自己的叫喊与回声，好似我与他间隔很远。甚至，像身隔两个世界。

此刻，我突然无比认定，那个小男孩就是黑格尔。

我必须要把他救下来，哪怕是在幻觉里，哪怕我已经失败了。能救一个是一个，能救一次是一次。

我重新点亮台灯，打开自己的手机，看了眼群，仍旧只有"黑格尔没挺过去，没能听见心率"这一句话，没有遗照与视频。但此时我才注意到，在这条消息的下面，紧跟的是凡·高情况的例行更新。凡·高有一点儿呕吐，缩成一个团在输液。刚刚我一定是看到了，脑中却直接忽略。我只看到了黑格尔。

我睁开满是眼泪的双眼,试图看清屏幕。用指甲一字字地敲击,劳烦护士帮忙拍一张照片,我们留存。可是护士没说话。也许恰巧赶上他们轮换班的时间,不再有人理会我。

我没能见到黑格尔最后一面,哪怕隔着屏幕。

* * *

昨天晚上,也就是不到十小时前,我与刚下班的男友一起,去探望黑格尔与凡·高。这一晚情况不比前晚,医生建议别带回家了,住院观察为好。临走时我说想摸摸黑格尔,被医生听见,他递过来一副手套。

医生说你家里还有猫,戴着手套摸吧。

我接过手套,没有犹豫。那时我明知白居易很难幸免,还是抱着一丝侥幸戴上手套。

我把戴着手套的手伸进笼子,就这样别扭地摸着黑格尔的小脑袋。它真的瘦了好多。我能隐约感到它的温度,但因为隔着手套,感受不到黑格尔本该柔软的毛发,我只能在脑中回忆之前的触感。

"黑格尔。"我小声地叫了句。强忍着在眼里打转的泪水,在它面前假装坚强。

黑格尔把头转过来看着我,它在医院里因为害怕陌生人,总是把脸朝里。

我仔细打量,才半天的时间黑格尔就瘦了这么多。它的眼皮已经睁不太开了,只能半张着看我,就连扭头都费劲。不过看到我,它还是努力强撑起一条前爪,再撑起另一条埋着针的肿胀前爪,缓慢地站起来。

它仍像往常一样,尽量高昂着头贴向我正抚摸它的手。戴着塑料手套的手。

我后来回想,黑格尔已是在靠最后仅剩的、一丁点儿的力气回应我。

男友更理性,说我们不要打扰黑格尔了,它需要好好休息。我想起护士也曾说过,得了猫瘟的猫要尽量少动,减少消耗,保留能量对抗病毒。我最后又抚摸了几下,和黑格尔说了再见,把笼子关上。

黑格尔依旧呆站着,望着我。

临走时男友与医生又沟通了几句,情况不太乐观。我则回头看了看黑格尔,它还站在那,只是把头转朝了里面。它一直站到我们离开,兴许还要更久。

它是不是觉得,只要自己还站在那,我们就不会离开呢?

或者,黑格尔已经没有力气再趴下了?

它的行动已经那样迟缓了,却还会坚强地站起来,回应我。可回应后,它真的一点儿力气也没了。也许,我能带给它勇气,让它见到我时,勇敢地从护士怀里挣脱;也会带给它力量,让它拼尽最后一口气站起来……

可是,也是我,我害它得了猫瘟。

此刻我与男友斜靠在床上，时间还很早，时间却过得很慢。我如质疑身边的世界一样，难以相信死亡的真实性。我难以相信这个世界的真实性，难以相信病毒的强度。

这很残酷，也很荒诞，竟是平平无奇的真实。

男友在手机上编辑信息，准备发给马彦，告诉他要注意防护，要观察自己家里猫的反应。我便也告诉了林熙。他们家里都有猫，也都抱过卡罗。

接着，浑浑噩噩地穿衣服、洗漱，如木人一般。我分明已经洗过脸，擦干，可刚擦干的脸马上会被泪水打湿，只能再擦一遍。我站在虚实相隔的镜子前，感到一阵反胃，白色灯光让我眩晕。我站在洗漱台前面，双手拄在池子边缘，我们在这里给两只猫洗过澡。

我长时间地盯着下水孔，觉得马上要有一股猛烈的水流，从孔中迸发，吞没我。

我会就此窒息。我视线里是流动的水，该怎样在水里呼吸？

这是我第二次接触近距离的死亡，比上一次更残忍。我们在死亡前得到更多预兆，得到更多机会，我们准备应对，我们挽救。可挽救最终还是失败，结局依旧是死亡。我们哪里还做得不够呢？

我仍恨自己不够坚持。发现黑格尔便血那晚，就该不顾医生的想法，坚持把黑格尔留院观察。那样一定有机会救活。或者，头一天病情转好的时候，不该把黑格尔带回家过夜。兴许持续输液到第二天，它就可以活命……

我稍迟些才到医院的病房，仍不愿接受事实。重症监护室仅剩凡·高一只猫。在它上面，黑格尔曾经待过的位置已被清理、消毒过了。与卡罗一样，一点儿存活过的痕迹都没留下。不锈钢的笼子侧壁上，只有抹布擦过的水迹。

我站在这儿，就站在昨夜的位置，感到空落落的。我后悔当时没再多待一段时间，后悔戴着手套抚摸它。我更后悔的是，连最后的告别都如此仓促。也许面对生死，理性与感性都没有错，无论怎样都会后悔。

我从未如此心痛过，直到黑格尔离去了，我才意识到自己是那样喜欢它。

"黑格尔的遗体已经包好了，放进了冰柜。"护士说。

口罩掩盖着我不停抽搐的脸，我低着头，狠命咬住嘴唇，假装没哭。

"我能再看一眼黑格尔吗？"我抬起头，用强装镇定的声音询问。

护士没有看我。他说可以，只要把打包好的遗体再拆开就行。

可是，听完这话我又犹豫起来，仿佛看到打开的瞬间病毒猛地散布。我更不想为了满足自己的思念，打扰死后的黑格尔。它既然被好好地放在冰柜里，我就不去打扰它了吧？

我蹲下身子，看见凡·高靠在下面的笼子里，浑身被尿液打湿，打绺。看上去像是犯困了，眼皮耷拉着，眼神呆滞，已失去平时忧郁里暗藏的劲头。

凡·高早上一定看到死去的黑格尔了吧？它看见黑格尔被装进袋子里，也许会猜测，为什么黑格尔一动都不动。凡·高会觉得黑格尔被打了麻药吧？像当初它们绝育时一样。但打了麻药马上会醒来的。凡·高一定害怕极了，努力地缩到最里面。它不知道黑格尔已经死了。

"不用了。"我这才对护士说。我不想打扰黑格尔，也怕见到黑格尔后哭得稀里哗啦。

昨晚我们隔着手套的触碰，就是最后一次，让我们定格在那里。此外我将保留的，是所有黑格尔健康时的回忆。我尽量努力地记住。

不去见它死后的样子，至少在我的记忆中，这调皮的小黑毛球将永远存在。

只不过，那些记忆都指向过去，记忆让它只活在过去。关于未来的黑格尔的记忆，我无法看到，更没能拥有。有关黑格尔的记忆，与它一起停止在了这一瞬，将与巨轮一同下沉，留存在深深的记忆海底。

* * *

回到家，我眼睛哭得肿肿地躺到床上。脑中不断想着黑格尔，还有正生病的凡·高。我试着调整呼吸，终于能感到一点儿安静。可能哭得太累,脑袋昏沉沉的,我不一会儿就睡着了。

侧着身子弓起背,两只手握了拳,向前交错在一起,摆在男友的枕头上,一条腿也伸展开去,可能像奔跑的样子。我睡得不深。

我感到有一只猫轻轻跳上了床,把床铺踩出弹簧的声音。它走到男友的枕头边,趴下睡觉。不知不觉地,脑袋就耷拉到我的手里。

很快,传来了毛茸茸、热乎乎的感觉,好亲切,像阴天柔和的灯光。

我睁开眼睛,是黑格尔。黑格尔正趴在男友的枕头边,把脑袋放在我手心里,眼睛眯成两道缝。它把自己放心地交给我,黑色长毛柔软地贴着我的肌肤,安安稳稳地睡觉。闭上了眼睛,就变成彻底的一团黑,纯粹的黑。

"黑格尔!"我大喊一声,马上侧身支起上半身,准备好好打量它。

可等我喊出这句话后,黑格尔突然变成了白色。

现实世界的我这才睁开了眼。刚刚只是一个梦,是梦里的我看到的。虚实交织的梦中之梦。

梦里我支起了上半身,现实我也支起了上半身。可梦里的黑格尔,在现实中却是正在睡觉的白居易,暂时安然无恙的白居易,白得像一个虚影,白得像一堵墙壁。刺鼻的现实,如消毒水的气味冲进我心里。我的黑格尔去哪儿了呢?

再也不会了,黑格尔再也不会跳上床,我以前还会把它赶走,觉得它是一个累赘。

以后我不知会多少次,回忆这个梦,想再次亲临梦中的场景。

现在,整个房子,仅剩白居易一只猫。

救凡·高

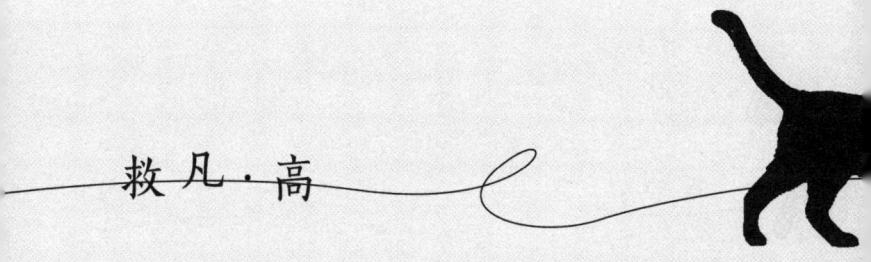

黑格尔从医院回家过夜那晚，我们让它住在书房，以为短暂地忍上几晚，就能康复。我们以为那是变好的过程。医生说情况还不错，我们便沉浸在它即将痊愈的喜悦之中。

却不知这是火山口的欢笑，有更深的痛苦在等我们。

也就是几个小时后，像理应预见的那样，不可避免地，凡·高也发病了——

刚过12点，接近凌晨，凡·高吐了。

凡·高第一次呕吐时，黑格尔在隔壁刚刚消停，我们也才睡着。听见呕吐声，眼皮还没睁开就坐起身子，已经有了条件反射。

男友立马起床，发现凡·高居然吐在了猫砂中。那是一个顶入式猫砂盆，得特意跳进去才行。它太懂事了。

凡·高一直不会埋猫砂，仍旧胡乱拍拍就跳了出来。继而走到卧室趴下，无精打采的。它是家中最强壮的一只猫。就在刚才，还试图安慰黑格尔呢。

男友去把呕吐物铲了出来,又摸摸凡·高。我突然意识到,或终于试着相信,猫瘟不会在某一只猫那里停止。

先是卡罗,再是黑格尔、凡·高,无法逃避的,最后白居易也会被传染。四只猫全部生病已是定数,去宠物医院更会成为常态。我想起小时候看的恐怖小说,或者恐怖电影。

恐怖小说在连载,恐怖的氛围在蔓延……或电影结束时,墓地下面伸出一只手,喻示事情还未完结。

我躲在指缝后面阅读,躲在指缝后面看电影。

现在,我应该站到指缝前面才行。我不该再侥幸地去祈祷别中招、别发病了。没有丝毫的作用。

每一只都被感染,将是既定的事实。我必须有打好持久战的心态,再次向不可能的乌托邦努力。我必须正视起这个所谓"治愈率高"的病毒。只有死亡率是真实的,我面前的死亡率是百分之百。

不能半途而废,不能三分钟热度。要找回韧性,要去完成不可能之事。

但,我不可能不害怕,害怕我健壮的猫咪受病痛之苦,害怕猫咪的离世……害怕持久战。

我的害怕,与重燃的勇气同样真实。

夜里,凡·高每呕吐一次,就要跳进猫砂盆一次。它努力站直身子,前爪够到较高的猫砂盆盖,有些滞缓地一跃,来到猫砂盆顶。缓慢地往下探,钻进盆盖的洞口,落到盆底的猫砂之中。整个过程，比它平时慢了好多。我听见凡·高呕吐前痛苦的叫声，与接下来的呕吐声，听着就很撕心裂肺。

最后，凡·高还用爪子在猫砂盆壁挠一挠，这是它埋猫砂的方式。

明天我得带两只猫去输液了，我想。

猫瘟会让猫的肠胃疼痛，浑身无力，可凡·高却坚持去猫砂盆里呕吐。它还努力把呕吐物埋起来。

男友说，当初不会埋猫砂、让人操心的就是凡·高，结果现在最懂事的还是它。懂事得让人心疼。

凡·高每吐一次，男友便起来去铲呕吐物。凡·高也这样一上一下地重复。反复三五次后，男友把凡·高抱上了床。

"在床上吐吧，没关系的。"男友说，他怕凡·高折腾得太累。

可凡·高依旧在呕吐前痛苦地叫一声，挣扎着去猫砂盆里吐，吐完后，钻进我刚买给它的独角兽猫窝里。平日里，凡·高喜欢在里面的垫子上踩奶，如今却有点儿迟钝，眼神发直且涣散。

* * *

就这样熬到了天亮，本想着情况有好转，没想到又是一个难眠之夜。男友要去上班了，出门前嘱咐我，再多睡几分钟。他怕长期如此我的身体撑不住，也怕到太早医院没开门，等在门口猫咪会受冻，加重病情。可我闭着眼睛，翻来覆去睡不着。

我与男友约定过，我们进行分工，早上由我去宠物医院。我中午或下午还可以补觉。

晚上由他下班去看猫，我有精力的话也可以过去。

但其实眼下的情况，我白天也未必能睡得好。

我听到隔壁黑格尔也吐了几次，状态应该不好。可我过去能帮到它吗？我怕它一见到我，就会站起身往返走动，喵喵叫。感染了猫瘟的它，已经不适宜多动。

我只能狠心地待在卧室，躺在床上一动不动，努力熬时间。假装并未睡醒，喉咙内是难以下咽的苦涩。

我想见它，但不能自私地为了想念，而去打扰它。

我又闭着眼睛盘算：家里的航空箱已经不够了，等下去医院，不知道能否装下两只猫。

拥有三只猫的时候，我们有一大一小两个航空箱。卡罗去世时我们害怕传染，处理掉了那个小的。现在只剩那个大的，曾经可以装得下黑、橘两只猫。

可它们现在长大了。熬到时间差不多，我就从床上起来，试试航空箱的大小是否允许。

先去客厅，把航空箱的盖打开，再去卧室找凡·高。

那时凡·高还钻在猫窝里。它的头僵在半空中，也许是想垂却垂不下去。猫窝的垫子湿得打绺了，都是凡·高的口水。我伸手进去抱凡·高，口水沾了一臂。

凡·高还有些抵抗，像它刚来我家那时，愣愣地抵抗，暗中使劲。不过这次它的身子软了很多，可能因为虚弱，也可能对我有了信任。我没多费力就把它从窝里抱了出来，塞进航空箱。

我提着装了凡·高的笼子去找黑格尔。黑格尔一见我，果然就站了起来，试图走来走去。它想与往常一样大声叫，看着还有斗志。可分明嗓子都整个哑了，嘴角也湿湿的。它虚弱地蹭了蹭我的手。

我看了眼黑格尔的猫砂盆，大概有四五摊黄色。我不知道那是吐的还是拉的，还有点儿分不清，仍旧安慰自己不会有事。

我打开航空箱的侧门，尝试把黑格尔也放进去。但它像知道我又要把它送去医院一样，突然有了力气，立马掉头想逃。

我只好把顶盖打开，想从上边把它放进去。可没等黑格尔进去，凡·高却跑了出来……

如此几次以后，我已满头是汗。怕到医院的时间太迟耽误病情，我只好把埋了针的黑格尔塞进航空箱，再把好抓的凡·高抓到，放进双肩包里，背在胸前。

这是凡·高到我们家后第一次出门。当时的我不知道，这也是它最后一次出门。它在书包里喵喵叫着，声音充满忧虑，像它常有的神情。

我一面提着航空箱，一面背着书包，用另一只手托住书包底。我怕书包挤坏凡·高，也顺便隔着书包安慰它。尽量小跑着，却又平稳不颠簸地落地。

医院今天坐班的是院长，她的头衔使我坚信这两只猫能够痊愈。早上的担心缓解不少。

她简单问了几句黑格尔的情况，便叫护士把它带去病房打针了。护士从我手中抱走黑格尔时，它用惊慌的眼神看着我，两只前爪还在朝我的方向够。它想留在我怀里。我没去安慰它，因为那时的我觉得，它马上就会痊愈。这是普通的分别，很快就不用再来医院了。

我与凡·高待在诊室里，继续准备检查。院长很爱说话，她边给凡·高量体温边与我聊天。她说她曾一次救活过十六只猫，都感染的猫瘟，也是因为主人捡了流浪猫。那些猫都打过疫苗，也做了隔离和防护，依旧挡不住，一只接一只犯病。医院病房的笼子不够，院长便去家里给它们打针。最后都成功救回来了。

"你们家的两只也都会好的。"院长说。

抽完血等数据的时候，院长忙别的去了，离开诊室。于是凡·高耷着尾巴，从桌面窜逃下来。和黑格尔昨天一样，蜷缩在我的大腿上，不停发抖。凡·高也把我当成了避风港。

凡·高慢热，我用了快六个月的时间，才让它对我敞开心扉。但它重情义，对选择了的关系很信任。

我为此心情复杂，我是做事马马虎虎、不那么靠谱的人，竟能被其他生命依靠。我该做些什么，才能撑得起这责任？

愧疚之余，我也有一丝傲气：男友有白居易，我也与猫建立了情感联系！凡·高会主动找我睡觉，却对每晚见面的男友抱有防备。

两个护士进屋给凡·高埋针，他们从我腿上抱走凡·高。凡·高一声不吭，只是眼神惶恐地看着我，仍旧一动不动，像个玩偶被随意操控。

我拍了张照片发给男友，说凡·高很乖，比黑格尔乖。

我成了喋喋不休的家长，见男友还未回我，便趁院长不在，把刚问过的问题再问了遍护士。

"应该能救活的，对吧？"我笑着问，心中很有底气，因为院长告诉过我可以。

男护士长得像凡·高一样忧郁，这还是我第一次见到他。他给我一个模糊的答案："不好说。"

他的脸色很沉重，让我感觉情况不妙。他讲起自己救过的一只流浪猫，得了猫瘟，不过没救活。他摸了摸凡·高的爪子，继续说："下次不吃东西了就要送来。吐了再送，哪怕只吐一次，也有点儿晚。"

晚了？原来我们一直都晚了。

原来我们以为的及时，并不算及时，以为吐了两三次送来也来得及。从晚了两三步，再到晚了一步。

我呆坐在椅子上，想到之前由医生告诉我的、还没建立多久的认知。那时医生说："吐了就赶紧送来。"我还重复问了一遍，确定后，把这个作为绝对的标准。

刚刚还挂在嘴边的微笑，现在全然消失。

我感到自己对时间的恐惧。我从未想过猫瘟的速度是这样快。从不进食到呕吐，可能就几个小时。也许差一个小时，差十分钟，都是不同的生死结果。我想起卡罗一次次呕吐后的憔悴，想起黑格尔昨晚与今早的对比。以及，我想起早上安慰凡·高时，也观察了它的情况，它的肛门干净，昨晚排便也是半干。可就在刚刚，院长检查时说，凡·高的嘴角、肛周都是湿的。

在不到一小时的时间里，凡·高的病情恶化了一度。

我记得在那之后，养猫的朋友询问男友猫瘟致死的速度。男友说非常快。他们追问："很快，是一周？"

男友摇了摇头，也许想起了卡罗："不治疗的话，可能一晚。"

频频来到宠物医院，便认识了新朋友。医院有一只精壮的短毛白橘猫，是医院养的。它常在医院里跑来跑去、自由活动，我之前就见过。它钻过门下的宠物通道到诊室来看我，又跟着我去重症监护室，还好奇地走到凡·高与黑格尔的笼子前闻了闻。

我赶紧跺脚吓它，害怕它被感染，想让它离开。

院长就站在我身边，满脸自豪与骄傲。她笑着说没事，这猫住在医院里，没事就给它打一针疫苗，不会被传染。

经常打疫苗，那它一定会安全的，我心想。比被感染的十六只猫安全。可是，黑格尔与凡·高一针都没打过。本想这个月给它们打疫苗，现在错过了。

院长拿着化验单给我看数据。凡·高的情况不好，淋巴细胞百分比、与红细胞相关的所有数据，全都严重超标，白细胞也像卡罗当初一样，少得可怜。

可能凡·高能忍耐，它忍了太久，所以数据才比黑格尔差了很多吧？

它本来身体就很强壮，性格也很包容，平日里被欺负也不觉得怎样。现在生病了，更是乖得让人怜惜。

我想起上一个医生说，猫瘟刚治疗时，会发现病情仍持续恶化。因为病毒的发作有周期。但只要能熬过头三天，且没什么并发症的话，后面会立马好转。

我相信凡·高可以，它那么能忍，一定能熬过痛苦！

何况它的底子好，身体强壮。

我带着复杂的希望去前台缴费，两只猫在同一天治疗，让金额显得巨大。前台帮我算了最优折扣，可会员卡也已经充了三万。男友早就去管朋友借钱了。

等候扣费的时候，手机相册提醒我，一段新的回忆生成。这段回忆视频的封面，是小黑发病当晚拍的，也就是前天夜里。

那时我们在床上与两只猫玩逗猫棒。凡·高死死地咬住逗猫棒不松开，爪子强有力地抵在床上，脑袋顶着两个飞机耳，十分滑稽。它玩起东西来很认真，一咬住逗猫棒就不松口，强壮得我们有时都拽不过它。而黑格尔正在一边看着凡·高，没有去抢,愣愣地看着,一点儿也不像它的作风。那时黑格尔还没吐出来,只是状态不对,逗猫棒能引起它的兴趣,身体却玩不动。我很想冲进画面里,赶紧带小黑到医院。

更难以接受的是,只过去一天半,凡·高也变得这样虚弱。

付完款,关掉手机屏幕,我给自己打气:黑格尔和凡·高,一定都能活下来!调皮的小黑猫,倔强又强壮的橘猫,一定都能。

推开门,我离开医院。

我又看到了喜鹊,这次没有拍照。

* * *

毕业以后我来北京找工作,通过一同参与考研的朋友,认识了新的男友。那时男友与他的好友合租,在一个叫沙滩的地方,两室一厅的房子。合租生活一定很拥挤,但考虑到北京的房租,我准备搬进来。

到了才知道,这地方位于故宫后门。以及,屋里比我想象中更挤。

男友还养了一只猫,是从南京带过来的,一只长毛白猫,叫白居易。

男友是出版公司的编辑,写了十几年小说。刚认识时我读过他一个没发表的中篇,好得叹为观止。写的是云南的故事,可他根本没有去过云南。我说我要当导演，让他送给我拍，他说没问题。不过有时间他会扩一扩，从四五万字扩成两倍的字数。

没想到他根本没时间扩，也没时间写新的东西。

他的爱好是买书，我从未在生活里见过谁家有那么多书，多得离谱。没承想这还不是最挤的，至少客厅还勉强摆了桌椅。后来，客厅被箱子堆成迷宫，箱子直堆到天花板。他对书有执念，不停入手。他说买书是一种焦虑。

我在北京的日常，就是帮他签收图书快递。

除此之外，没有影视工作经验的我，制作了一份剧本作品集，开始寻找相关工作。

我得到一家影视公司的offer。对方让我去做跟组宣传，临上班前一天却变卦了，说有更合适的人选。HR觉得对不起我，给我推了其他相关资源。

我便又去应聘个影视策划岗位，想学习剧本的前期工作。可接触几个项目后，我才意识到，所谓的影视策划，其实是前期宣传策划，并不是剧本策划。

我果断辞职，考研"二战"的想法再次出现。趁着还是夏天，备考时间没那么紧张，我又投出去三五份简历，觉得也许能双线操作。

有一家距我二十公里的导演工作室在招编剧，看过我的简历后，让我去面试。第一轮面试时，我就问是否接受兼职编剧。我想在家办公，方便复习。他们说可以的，布置了两个大纲题目。后面复试了两轮，算上写作与复试的时间，时间跨度达两个多月。最后签协议时，突然告诉我："明天要坐班，我们拒绝兼职编剧。"

…………

社会上的套路太多，我疲倦了，疲倦中掺杂着被骗的恼怒。也许是我不够聪明，难以适应其中的变化。

这是毕业后的第二年，已经10月份了，我仍旧无所事事。我在云南的同学已能在建筑行业独当一面，即将拿到不错的年终奖。我遗忘了建筑，又无法在影视行业立足。我没考上研究生，也没去考公务员。在北京，我整天闲在家，没什么社交，只能在朋友圈中看别人忙碌。

我像是一滴来自外太空的雨，坠入未知的海洋，渴望被接纳，可激流把我拍得四分五裂。

我对自己选择的生活有了怀疑。我逐渐迷失，找不到最原始的自己，只剩不安。我不知是否要继续漂着。

我不自觉地沿着胡同一路走，走到地安门大街，拐进北海公园。10月份的北京已经挺冷，公园里在放《让我们荡起双桨》，我没意识到歌中的场景就在眼前。当我低着头，看到水面倒映的白塔时，不知怎么突然就哭了。

多么美好的生活啊，为什么与我无关呢？

在一段时间的低迷后，某天傍晚，我收到一份意外的鼓励。我按照网上的教程学做辣子鸡。那是我在北京第一次正经做菜，在合租房子的厨房偷偷做，竟前所未有地成功。我被自己所做的食物的香味感动。

对比之前云南宿舍里的黑暗料理，我发觉有些事情，能在不知不觉中更新、完善。我也许有一点儿做菜天赋，或者，这是生活给我的积极反馈。生活潜移默化地给了我成长，并在此时提醒。我对自己的人生多了些信心。

我再一次做出选择，再一次下定决心考研，不再找工作。我把消息告诉了父母，他们如我所想的一样，继续支持。

男友大学的专业是编导，懂一点儿电影，我便让他教我。他抽空给我讲了点，我才发现，自学了一年多电影的我，根本不会看电影。还像普通观众一样，分析动人的故事与台词。

他让我去抓住人与事的关系，说与剧情相关的一切都是由此推导出的。以及，要懂得电影语言。不懂电影语言的话，就不知道自己何时在牵强附会，何时又是有理有据的。他说观众大可以随意解读，但要考研，你懂或不懂老师一看便知。电影是文科中的工科，是工业。

这样讲我就有点儿明白了。我问他，知不知道布莱克·斯奈德的《救猫咪》。他说知道。

男友说市面上很多这样的书，都挺有用，不过教的是锅铲使用技巧。要做厨师，不会用锅铲不行，这是工业的一部分。掌握这些能做到六十分。但要成为厨师还不够，缺少了核心意识。

面对食材，把菜做出来的过程，是整体的，也更重要。其中需要更多敏锐与经验，这才是真厨艺。

男友说，导演的角度可以统摄一切。导演使用一切可利用的，从创作者的核心出发，把一切关联起来。而不是只看锅铲用得如何，会不会颠勺。也不只看食材的新鲜程度。

导演的工作是综合的。导演多数不会排斥工业，导演会利用工业。能利用的东西够丰富，工业化程度较高，当然是好。可很多时候，只能有什么用什么……

他说比起没有灵魂的画工，他更喜欢没有技巧的灵魂画手。等技术门槛进一步下降，就人人都能拍片。只不过，"考研不能这样，你还是得懂点工业的"。说到这儿我才意识到，电影并不自由，也有建筑行业中的规范。

男友带我从导演角度看电影，逐个镜头给我分析，像破解疑案一样梳理脉络，推出作品背后创作者如何自洽，创作者是如何想的。

他带我做电影拉片，既看《买凶拍人》这样情节性强的黑色幽默电影，也看《孔雀》这样更散文化的电影。原来看似情节较淡的电影，局部也是张力十足。男友说这是"外松内紧"，表面松弛，近观却很细密。

我终于开始入门。

* * *

现在积水潭的屋里，都是被紫外线照过的味道了。

刚开始用紫外线灯的时候，我们还担心会把电器和书照坏，拿着不用的床单遮来遮去。可现在已经不管不顾，把紫外线灯拿到各个位置，反反复复地打开，让它照射屋里的每个角落。怕有死角，有死角就有病毒遗留。既像是侦探在犯罪现场搜集证据，又像罪犯在销毁证据。

照射五六遍后，视线所及之处，有些书的封皮已被照得褪色了。光看封面的颜色，会以为是半个世纪前的书，其实才刚出版没几年。有些书脊的内容消失不见，变成纯白，像清空了的记忆，也像一切都没发生。男友就用马克笔写上书名、作者，字迹在白底上很醒目。

我问他会不会心疼。他说没事，都是拿来看的书，不是用来珍藏的书。

于是，继续反复地照着，让一切变白。

除了整套房子大格局，其余能消毒、清理的局部，比如猫砂盆、猫笼，也都倒过、洗过不知多少次。

此时，我正焦虑地坐在书桌前，白居易乖乖窝在我跷起的腿上。猫咪生病后，我没再写出过任何作品。虽然，我可能还算不上一个作者。我忙碌着，却好像游离在自己之外，在生活之中空转。

我感到茫然，陷入一种写作停滞，甚至人生都停滞了的错觉。终于体会到男友长期不写作的感受。要去找到写作，像找到确切的呼吸。

面对屏幕，我两只手相互摩擦，按压自己被消毒水侵蚀的手背。脑袋里浮现的是这半年的故事。

我重新思考了男友的提议，决定把救猫的事情写下来，但不会是短篇小说或童话。

我要包含更温暖、更远的时间段，直视最近几天事件的同时，也让一切变得中性。穿插与它们相关的、我更愿意回忆的片段，去抵消连续事件的恐惧。

我想到的是，两只小公猫到家时的情景。我想写这样一部小说，献给我的猫咪——

黑格尔与凡·高刚到家的时候，黑格尔才两个月大，凡·高六个月。那时它们害怕新环境，害怕白居易，一旦自由活动，就随时躲到房间角落去。我们也给它们时间，让它们住在立式猫笼里，逐个房间适应。

等到快一个月时，我每天把它们放出来玩几个钟头，它们仍会跑去犄角旮旯。有时候跳上货架，躲在一摞摞书的后面，只露出眼睛。有时两只猫叠在一起，挤在奇怪的角落。除了给罐头，怎么叫都不肯出来。我就囤了一些罐头。

"既然还没适应，那过一阵子好了。"我们商量，"等没那么怕了再去打疫苗。"

就这样又过了一个月，情况似乎好了很多，白居易也逐渐开始接受它们。至少有了接受的苗头。我们在几只猫身上，初步感到家庭的温馨。多猫的生活，似乎即将步入正轨，并且一直这样持续下去。

我给它们更多的自由活动时间。

黑格尔更喜欢笼子外的生活，适应得更快。每天看到太阳升起就开始叫嚷，急着出来玩。

而凡·高一直静静的，不嚷不叫。它喜欢笼子，也喜欢笼子里的吊床。有时候笼子门敞开，它也会继续窝在吊床里。我路过时，皱起眉看我一眼，翻个身缩成一团，用两只前爪抱住头继续睡觉。

可能是缺乏安全感吧？我猜。

很温和强壮的猫，是黑格尔的兄长，却更需要安全的空间，更需要时间与距离。

从朋友那里知道，让猫咪互相熟悉最快的方式，就是把它们放在一起吃东西。有的猫刚一见面就很友好，有的要隔离几周，是看猫咪具体性格的。而我们间歇隔离了快两个多月，根本原因在于白居易太凶猛了。

我想加速拉近猫咪间的关系。

按照朋友的话，每次到了零食时间，我就摆上三个离得很近的碗，试图缩短它们的心理距离。

我把三个食盆摆好，挨个儿往里倒罐头。先是给白居易的，再是另外两只。朋友说要尊重原住民猫咪，巩固它的地位，不然它会觉得被冒犯而更恼怒。

白居易也比另两只更懂，在我摆食盆的时候，就坐在边上等候了。

可每次第一个罐头刚倒好,白居易刚把头低下,黑格尔就会适时冲出来,挤走食盆前的白居易。黑格尔是由嗅觉启动的,闻到味道了就马上要吃,不管不顾。

白居易显然很生气,往后退一步,大声"哈"了黑格尔几下。见小黑仍在猛吃,就边"哈"边伸爪子拍打黑格尔的头,像是在打地鼠。黑格尔无动于衷,还是吃罐头更重要。不过好在白居易不深究,只是比较暴躁,有仇就第一时间报。当场搞不定的,它怕麻烦,不会再坚持和对方抢。

我赶紧给另外两个盆倒上罐头,挪开一些距离,想让它们友好一点儿。

凡·高选了个离白居易最远的盆,默默吃起来。它脾气本来就温和,不争不抢,在这样的情况下更显胆小。

黑格尔自己盆里的还没吃完,嘴里也正嚼着,回头看到凡·高面前的食盆,又冲过去,把人家挤走。发挥自己嘴的铲子功能,大口大口地进食。我总觉得它会把整个盆都吞下去。它也确实频频咬到食盆边沿,发出牙齿碰撞不锈钢的声音。吃得很急,一边吃一边漏。

凡·高不会打架,纵容地往后退一步,到刚才黑格尔的盆里吃起来。

不一会儿,白居易吃好离开了,它食量不大,吃得不算多。黑格尔也吃饱后玩去了,不舔爪洗脸,直接进入娱乐模式,很有精力。

它俩的食盆都剩下个底儿。凡·高就独自把三个盆都舔干净，吃得任劳任怨，不辜负橘猫的颜色。

又过了一段时间，不知是否算是方法奏效，白居易也像凡·高一样，懒得理小黑了。黑格尔要抢就让它抢，白居易顶多骂一句换个盆。有时干脆离开，等黑格尔吃好了再过来。

这些猫咪似乎有了一定的默契，关系得到重塑，让我能发现相对稳定的规律。几只猫都找到各自的生活方式，拥有自己的空间，萌生猫咪特有的小小的骄傲。

对于猫咪之间的关系，我总是难以认清，只能观察与记录，并大致猜测。

我猜它们已彼此熟悉，建立了难以捉摸的友谊。

某个周末的下午，我坐在客厅的沙发上看书。凡·高与黑格尔吵吵闹闹，突然从厨房垃圾桶里翻出一段大葱叶，得有十五厘米那样长。俩猫就像在追逐老鼠一样兴奋，用爪子来回打葱，一路打到了客厅我才看到。有时大葱叶被打到空中，它们也会凌空跳起，在空中三百六十度自由旋转，来个回旋踢。

我感到震惊，男友也很震惊。猫不是怕刺激性气味的吗？正常的猫不是很讨厌大葱吗？这两只猫咪……

男友拿出手机，对着两只离谱的猫录起了视频，还为它们配音：

"现在这根葱传到了凡·高手中，快看！球进了！……"

我无奈地叹了口气，心想等它们再玩会儿，我就把这段大葱叶没收。对猫来说葱是有毒的！少接触为妙。

那时的生气与烦恼，都建立在快乐之上，家里总有活泼的氛围。

我突然记起黑格尔吐的那日，白天，我啃着面包收拾东西，它还追着我要，围着我的脚四处跑。我一个不留神就把它给踩了。黑格尔超大声地"嗷呜"了一声，吓得我赶紧蹲下来，看它有没有事。

那时白居易还马上跑了过来，凑到黑格尔面前，关心地闻了闻它。

黑格尔一点儿事儿没有，仍旧蹦蹦跳跳。

我有些愉悦地发消息给男友，说白居易不再对黑格尔不理不睬，也没落井下石，它不讨厌黑格尔了，反而开始关心。

……好似所有的事情都在昨天，回忆历历在目。我坐在书桌前，想起一再重复的场景。我想起白居易、黑格尔，想起了凡·高，陪伴着我待在这里。哪怕有些时候，它们是来一通乱跑。我还想起刚学写作时，每写完一篇练笔的成就感，想起朋友、编辑的鼓励，想起那时候的憧憬。我沉浸在一个美好的梦里。

而现在，我仍坐在这里，残忍地坐在这里。现在那些都被重置，我被打回原形。梦境被现实刺破，我发现自己根本不懂写作，只想到这个片段，或那个片段，无法连缀。我像失去坐标一样，漂流地思考。

从写作的表面看，我正在经历的是难以言说之苦，而我自己知道，我的难以言说是因为这关乎生命，我所经历的是关于猫的幸存。

屋里仅剩下一只猫，一只也许即将发病的白猫。医院有一只不知能否痊愈的橘猫。

没有吵闹的跑酷，没有恼人的叫嚷。一定是中间哪一步出错了，才会落得现在这样的局面。可究竟是哪一步呢？

是因为隔离不到位吗？如果卡罗到家就被送入书房隔离，连最短暂的接触都没有，是否就不会传染？

也许刚到家时的病毒量极小，还不足以传染。是卡罗送治太迟，发病时书房已满是病毒。

仅带它途经客厅，就能让所有猫咪都染病。

或者是新猫到家的时间不对，或者是体检的时间不对，总有什么事迟了，或早了。

或者，就是在医院体检感染的病毒！

或者，我们不该出奇地在那晚玩手机，在那个时间点！至少不该决定去地铁站……

漏洞实在太多，换个角度而言，全无漏洞。只要有一两处偏差，我们的猫就有救。我不能确定到底哪里出了错，回想来看的话，每一处都是错。

可最让我难受，又最矛盾的一个假设，或称之为漏洞的是："如果，我们不救卡罗呢？"

我难以控制自己。我知道怪罪以上任何漏洞，都于事无补，哪怕漏洞真的坐实。我是处在线性现实下游的生物，无法改变既成的事。可是确实，我的心里已对卡罗生出了恨，爱的反面。我很难不这样想。

我真的可以这样想吗？这样恨一只猫咪？我于心不忍。

只是假设，就已了然自己此时的残忍。

或者假设最为残忍，因为要把本就残忍的事，更推向极端。

＊　＊　＊

我曾经在网上浏览过一个帖子，是关于是否投喂流浪猫的议题。有人转载了专家意见，说部分专家不建议喂食。原因有很多，比如流浪猫会对人形成依赖，失去捕食能力，难以独立生活。流浪猫自己能猎捕小鸟，也会翻垃圾桶，有食物来源。或者失去了对人类的警惕，亲人的流浪猫更容易被坏人迫害。

甚至，提到了对现在的我来说，更为重要的：随手撸流浪猫后，不洗手就回家摸猫，会将野外的传染病带给自己的猫。

这些说法都不无道理。到北京之前，我小时候在东北家里养过狗，还有鸡，唯独没养过猫。不过我一直喜欢小动物，路上见到流浪猫狗，都会想办法给它们点东西。

记得刚到北京时住在沙滩，小区就常有流浪猫出没。我在家备考累了，下楼散步，会带上些白居易的猫粮。将猫粮用一片大树叶垫着，递到楼下的灌木丛里。

我隐约能看到它们。我喵喵嘴，没有任何回应。只有趁我离开后它们才来吃，也算是流浪猫该有的警惕。

有时我在路上遇见亲人的流浪猫，还会过去撸上一把，任由它贴着我的裤管蹭来蹭去。那会儿新冠肺炎疫情还未暴发，到家洗手的意识还没有那样强。回家推门，见到白居易迎接自己，也直接顺手就摸了，从未考虑过传染病一说。

可现在一切都变了，我的心理发生了变化。

此时我走在路上，即使有再亲人的流浪猫，也不敢摸了。我怕它们身上有病毒，蹭在我身上后，稍有不慎便带给自家的猫。同时，我也害怕自己身上有能"存活半年"的病毒，带给流浪的它们。这样的习惯也许是好习惯，但暗藏的恐惧也是真的。

要洗多久的手，才能洗掉病毒？要多久，才能消除其中的刺痛？

我在街上遇见流浪动物时，从未如此冷酷，如此克制。强逼着自己扭转过头，不去触摸，不去交流，不去可怜。

有时候冷静过度，那些负面的想法又会冒出来，占据大脑。我会想：

"是不是，我不去捡卡罗，让它自生自灭更好？"

网上有人说，流浪猫捕鸟的数量不小，破坏生态。若把流浪猫当作生态的一环，把捕鸟当成一环，那么病死街头，是否是流浪猫该有的宿命？这也是生态，我不该从中干预。

但也有人说，流浪猫泛滥是人类造成的，所以非但不应救助，还应该试着减少。所以减少流浪猫，进行人工干预，才是保护生态。为流浪猫进行绝育，就是遵循这个思路的。

一旦干预，便会有选择，会有对错的争议。

家猫与流浪猫，土猫与品种猫……我从未想过，有一天我要在头脑中把它们分开，相信它们有固定命运，这有点儿荒谬。像我所讨厌的人一样。他们把猫咪分出三六九等，给猫区分阶级，列出价格排序。

甚至有人制作廉价的"猫咪盲盒"，用难以透气的箱子来装活体猫，运输几天才能到买家手里。可运输的过程中，有几只猫能躲过快递的颠簸？兴许躲过了，又因为在拆开箱的那一刻，购买人不满意猫咪的容貌，或想开出品种猫，就被狠心地退回。猫咪很难再承受一次运输过程。

或者因不心疼购买时所耗的资金，直接将其丢弃。九块九的土猫，被迫成了流浪猫。这竟然是不错的结局？

于是，思绪又回到流浪猫的视点上：是否被关在家里失去自由的猫，或被当成繁育机器、参赛的品种猫更可悲？也许离开不爱猫的人，它们可以过得更轻松呢？也许自由与饥病，是流浪猫咪的双面标签……

也许，我们不救卡罗，也会有人救吧？

又回到了残忍的假设。我难以克制地想，如果当初我们没把卡罗带回家，是其他人把它带走，那么生病的就不会是我们家的猫。但那样的话，生病去世的就是其他家的猫。也许是马彦的两只品种猫,或是林熙的九只品种猫。

可生活没有假设。卡罗就是来了我家,而我家,恰好都是田园猫。

不由分说地,让我们来做这道不应分三六九等的题。难道田园猫比品种猫的淘汰率更高吗?可医生分明说过土猫的抵抗力更好些。我不了解其中的数据,我只有自己的体验。而就眼下的事实,我更是难以推断。

摆在眼前的事实,切身的体验:猫瘟袭击了我们家的田园猫。

我想起之前有个著名的辩题:博物馆着了火,先救画,还是先救猫?

辩论双方各有各的理由。

支持救画的说,博物馆的画经由几代人生死传承,既是画家生命的体现,也有传承者的生命投入,它的价值不由分说。绘画是难以替代的,是人类精神在艺术上的迸发。而猫遍地都是,可替代性强。

可猫又是活生生的生命,画只是生命的延伸。支持救猫的人说,具体的画是死的,是人创造出的产物。画并非是难以替代的,在当下,复制画作已经不再困难。就算没有副本,人类依旧能画出更好的作品。但生命失去了就不会重来,这是生命的唯一性。

我和男友讨论。男友说他两样都不选,他先去劈开那个出题的人。也对，我支持他。

这是关于事物价值的问题，无解。

记得刚来到北京时，男友说离我们很近的隆福寺曾着过几次大火。后来在隆福寺街区新建的美术馆，还展出过大卫·霍克尼的画。男友说："我好喜欢大卫·霍克尼！"结果直到闭展，我们谁都没有去看。

现在我们已搬离沙滩，展览也已结束很久。竟有些想回去看看，主要想看火中涅槃的隆福寺文化街区。这样的新生，也许会发生在我的猫身上。我突然想到：

"凡·高"就是画家，"卡罗"就是画家，都是不输大卫·霍克尼的画家！

要是猫咪本身就是画家，你们会去救吗？它们是唯一的生命，还能创造不可替代的艺术品。我们的猫咪能得救吗？

现在屋里仅剩一只猫了。

我在书桌前记下些素材片段，分类归档，正式敲击出：《救猫咪》。

* * *

我刚到北京时，与男友挤在一间狭小的次卧里。房子位于故宫后门，景山公园东侧，一个叫沙滩的地方。那是我们搬到积水潭之前的事情。他的好友住在主卧，房间是我们的1.5倍大。不过客厅被男友逐渐占满。我们一同合租，除客厅外的公共空间，还有厨房、卫生间。所有的金额，包括房租、水电，还有一些生活耗材，全部平摊。据说在我住进来前，隔壁曾提出过更换房间，或是在钱上他出大头，但男友不愿意这样生分，便拒绝了。男友觉得他的书堆满客厅，就算一种互补了。于是我们出的钱一样，却过着截然不同的生活。

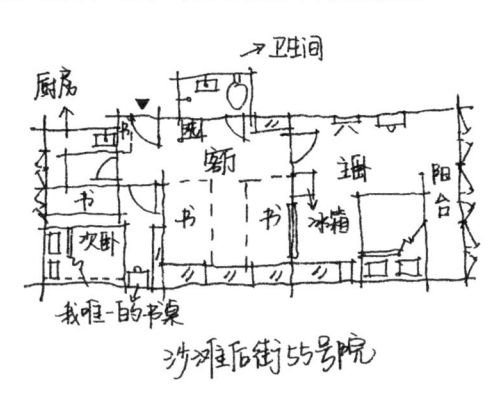

要不是男友的不争与忍让，也许我能住得更舒服些。男友的性格就是这样，在与朋友的关系中，显得过于谦顺。可男友在一些强项，比如在熟知的文学领域上，十分偏执。他经常因为一个句子与人争论半天。在朋友聚会上，却默默地一言不发，低头坐在角落里。

那套房子的客厅比我们的卧室没大出多少，是个黑客厅，永远没有阳光。对男友来说，却是精神的核心地段。客厅与我们的卧室都像是仓库，被男友堆满了书，每间都只留出狭窄的过道，须侧身才能走过。当时他大概只有五千多本书，却已垒到了天花板。有时大半夜，他会去客厅的迷宫中搬箱子，找书，也不嫌闷。白居易会趁机溜到客厅上厕所。我偶尔批评男友，让他卖掉一些，不能把公共空间都占了。影响别人的生活不说，连自己的生活都影响了。但此类批评，对他来说无济于事。

男友说他初中的时候，网购还没有兴起，他经常跑半小时去书店买书，再跑半小时回来。那时他想做程序员，买的是网页和游戏编程的书。后来沉迷文学，报纸上看到喜欢的作家出书，去书店也买不着，没这个书。直到同学在市区看见，才带回三本来。再后来，逐渐能邮购了，有了网购就买得更多，一发不可收拾。

男友说买书是基于焦虑，到北京焦虑强化了。堆在这里，更是极具象的焦虑。

他说买书也有能替代创作的错觉，觉得买了杰作就能写出杰作。我让他倒是写啊，写了赶紧发，在北京就没见他写过新作品。这可能是另一种焦虑。

冰箱在隔壁主卧里面，不在客厅。去阳台晾衣服，也要先进入主卧。不管晾衣服，还是取冰箱里的饮料，我都要尴尬地敲敲门走进去。为了减少敲门，我们几乎不往冰箱里存放食材。后来，隔壁的室友交了女友，主卧变成他们更私密的空间，我便不好意思敲门进去了。

不上班的日子，我一个人守着不足十平方米的次卧。夏天的时候想喝冷饮，叫了外卖或从楼下买来，我会一口气把它喝光，免得等下变热。要晾衣服，我就把洗好的衣服挂在窗帘杆上，让湿衣服也变成窗帘。这屋子虽然不进阳光，但窗边总会干得快些。合租生活就是互相制造不便，也只能互相迁就。

我们卧室的床一米五宽，是整间屋子最宽敞的地方了，却还要在贴墙那边，垒两排半米高的书堆。从床头垒到床尾，占掉床五分之一的部分。有时一转身，就有书倒在我身上。与床面接触的书边积了不少灰、猫毛，但因为书太多，挪动不便，也只能少换床单。我经常像揪棉花一样，往外揪猫毛。卧室里的两张小桌子，本就是见缝插针似的塞在床的侧面，此时更是桌上桌下都摆满书，和这间卧室的地面一样。男友从来不用书桌，他会趴在床上改稿子。

由床边走出屋子的道路，几乎只剩下三十厘米的宽度、不到一米的长度，显然只能侧身走。要是拿着床单被罩进出，就更困难了。这是次卧唯一的通道，我管它叫"逃生通道"。

黑客厅与主卧之间的墙上，打了面巨大的磨砂玻璃。也就是说这儿其实没有墙，或者只是半墙。兴许曾经的房东，就靠这面玻璃来为客厅采光吧。有时在家加班到深夜，或是夜晚上厕所，我们就不开客厅的灯，怕开灯影响隔壁睡觉，只能摸黑找厕所。可书实在太多，我好几次被书箱的尖角撞到，却只敢在心里叫出来。有时会不小心被绊倒，跌坐在另外的书箱上，吓得捂住嘴，不让自己吵到隔壁。

那时西西正在忙着新课题：篆新农贸市场改造。她像大学时那样忙碌，常常整夜不睡赶图。

西西说她羡慕我有时间休息，我说我羡慕她可以忙碌。那些去设计院工作的同学，也在冲击年终分红。据说工作了三年的学长，上次分红有四十万。我羡慕他们的"痛苦"。

白天我有着大把时间睡觉、休息，可到了晚上却失眠。理论上来说，我所有时间都是自己的。但我总觉得身不由己。我不停地想，未来自己到底会怎样，想现在的自己该怎样。

我越来越想跳出这个狭窄的房间，这个看似"舒适圈"的地方。它让我性格变得狭隘，沟通变得局踌。

周围太多的书压得我喘不上气，我的生存空间太小。提一提被子，想躲进黑暗，可我又活在了一团灰尘中。

西西说要不就考回来吧，重新学建筑，她帮我联系导师。可那已是毕业两年后了，我还能行吗？

我不是没有想过，可总是不情愿。我还想再试试电影学院，毕竟那是我的梦想。

我开始逼自己步入正轨。每天七点半起床，趁隔壁还没占用厕所时去洗漱。接着去厨房随便冲点东西喝，权当早餐，再拿起折叠小桌板，坐在床上备战考研。

一开始我充满斗志，和朋友约好相互打卡。可逐渐，也许半个月都不到，我发现了在床上备考的弊端。我总是困，且桌下盘起的腿很快就麻了。坐的时间久了，腰痛得不得了。

每天早晨，白居易会频繁进出卧室。猫总有自己的想法。

毕竟与隔壁不熟,我平常会保持房门紧闭,只在进出时开门。白居易一会儿叫着敲门要进,一会儿又叫着敲门要出。白居易毫无疑问是故意的,它想找点事情做。

怕它叫得太过响亮,把隔壁吵醒,我只得一次次从床上爬起开门。屁股还没坐热乎,就要给它再开一次,完全无法专心。

我想要一张桌子作为仅有的武器。可屋里堆满了书,唯一的桌子已经变成了书的货架,上面摞了近百本书。我只能再买一张桌子,可根本没地方给我摆。

第二次考研临考前的一个月,情绪与北京的冬天一样,变得干燥、敏感。过于狭小的房间,更是挤压了我与男友的关系,一压再压。我们把情绪发泄口都放在对方身上。我们用激烈的语言攻击对方,或通过持续的冷战消耗对方。我感到自己很脆弱,脆弱得随时会哭。

男友又有点儿躁郁了。到了年终,收尾的工作不少,各种琐事集中在了一起,催问进度的作者也变多了。男友很无奈,说自己都没时间写作,还要多分精力给工作吗?不过他每天晚上回到家,还是会很负责地问我今天做了什么,学到了什么。这也给了我学习的压力。他让我每天练习"一句话剧情",可我的回答他总不满意。持续一段时间后,他便说我不努力,说我每天宅在家里不做事。他说这些内容,是本科艺考就要掌握的。

我气不打一处来,他以为我在偷懒吗?他以为我想偷懒?

他不知道政治押了大题后,我要背多少东西。而我只能烦躁地在床上学。

我迫不及待地将每日学习时的障碍,一股脑儿全倾诉出来。我边哭边喊:"都怪你,就是没有正常的桌子学习,我才复习得这样慢!"

我抱怨家中本就不多的地方都被他占了去,客厅,次卧的床、桌,甚至正常走路的过道……

我们也没有冰箱和阳台!正常生活都不易。

男友冷冷地瞥了我一眼,说别那么多高要求:"租房生活就是这样的,都这样过来的。"

我想到男友平常把电脑放到床头,或把纸稿摞在那儿,趴着看电影、改稿,一个姿势维持两个多小时。可我总是十分钟,手肘便坚持不住了。

一种被比下去的挫败感击中了我,一时无法反驳的屈辱感击穿了我。我更加委屈。"对,我适应能力差,我不是你!你习惯了挤,我可不喜欢!也不看看谁把屋子搞成这样?我只想要个桌子……"

我大声哭着,如乞求般地咆哮:"我只想要个正常的桌子!"我的要求比伍尔夫还简单。

男友就没再说话。

也是在那年的12月,一个暴躁到近乎恐怖的人,侵袭了我们家。我们的取暖费由房东来交,可房东那段时间在国外,物业便天天来敲门，索要取暖费。他像直接在用脚踹门，每次我都觉得门会掉下来，吓得不轻。

等我战战兢兢给他开了门，他又用含糊不清的口音和我说话。我一句都听不懂。

他的舌头像被火点着过，每一句话都掺了奇怪的气声。他用力、着急，咒骂般在我头上输出字符。那些字符一个一个，如乐高积木砸在我头上。

"什么？"我会皱起眉头问，而这让他变得更暴躁。

我好似大脑短路，听力延迟，整个人晕晕乎乎。我努力盯着他的口型，把能分辨的字符在大脑中组合，似乎有些明白过来。

我和他解释，我们是租房的，协议上签好是房东来交。垫付也可以的，但得至少让中介知道一下。他不听完我的话，继续蹦出字符：

"就是你交，谁住谁交！"

"房东联系不上！那就是你交！"

…………

过了两天，又传来踹门的声音，我还未开门就听到他的怒吼："再不交钱，就给你家断水断电！"

我害怕极了，手搭上门把，才感到恐惧。后知后觉，涌起一阵寒意。我感到他的口水隔着门，溅在我的身上。我不怕断水断电，我怕的是这个暴躁的人。

我甚至怀疑，这人根本不是物业的。

我给中介打过电话。中介说别垫付，千万别交。说这事交给他处理，马上就能解决，他们是专业的。

在我以为这事已解决了的几天后，用脚踹门的声音再次出现。我只能坐在床上，假装家里没人，一点儿声音都不敢出。

白居易也很害怕，窜进被窝，靠在我腿弯的位置。蜷缩成一团，热乎乎地颤抖、呼吸。

我把腿收起来，更好地环绕它。一猫一人相互依靠。

那时我心脏怦怦直跳，好似下一秒就要从嗓子眼蹦出。我怎么活成了这样？这个冬天真是让人生畏。

直到门外安静下来，我以为那人已经走了，想下床开门看看，却不想他更猛烈地踢了一脚。连白居易都吓了一跳，爪子尖抵在我腿上。我只能继续等，等到完全没有声音。双腿被困在折叠小桌板下，时间太久，已经发麻。白居易的体温我逐渐也感觉不到了。

我仍不敢动，窗外湿润的寒气像要把我吞噬。我想起《泰坦尼克号》里，杰克被铐在船舱中，看着海水慢慢上涨，却无能为力……

考研备考时，播放器里随机到一首歌，我听不懂。点开了歌词，发现这首歌叫《难破船》，中森明菜唱的，竟然是"遇难的船"的意思。"想哭就尽情哭出来吧"，歌词里说。

想起考研备考前期，我还抽空接了份短视频剧本兼职，青春题材，十二集。持续写了两个月剧本后，对方消失了，再也联系不上。我似乎又被骗了，继上一次找工作被骗了两个大纲后。我仿佛已经习惯。

我还回想起那个经常带着我打游戏，有些暧昧的男生。一个短暂的时间里，称不上男友的男友。同样是个感情的骗局，越回想越觉得不对。

我挣扎在被骗的海洋里，挣扎在各种海洋里。

艰难地，我在生活的缝隙里找节奏，在学习的缝隙里找生活。我把备考时读的书发到网上，不知不觉，就获得一个读书博主的认证。还有那些出去吃饭时打卡、拍照的图片，竟也让我成了探店博主。我靠闲暇时碎片化的努力，争取到了这些微不足道的成就。

我逼着自己早睡早起，逼着不吃外卖，每餐饭都自己做。晚上学累的时候，就跟男友看几眼真人秀。

好像充实会让人变得开阔。我不再拘泥于小事，开始认真生活。虽然，我仍想要一张自己的桌子。

* * *

2020年10月末，积水潭。

北京介于深秋与入冬之间，集中供暖没开始，屋子里时冷时热。为了取暖，我常抱着凡·高一起睡觉。因为它是我们家最乖的猫咪，是个听话的玩偶，一只猫咪玩具。把凡·高抱上床，盖上被子，它就会侧身躺在我的臂弯里，头枕在我胳膊上，一动不动。我摸摸它的脑袋。凡·高是个短毛橘猫，只有肚子和头顶、下巴的毛好摸，其余地方戳到人身上，还是有些扎。

有时摸着摸着，我突然睡不着了，心想，怎么会有这么乖的猫？欣慰得清醒起来，一个劲儿地摸。反倒是凡·高，比我先打起呼，一点儿不反抗。

男友说，画家凡·高笔下的人就是类似的，朴实、善良，又很坚定。凡·高总是谦让其他猫咪。

男友说它看起来怕人，其实又很喜欢人，只是需要时间。它慢热，是它把关系看得更重要，不轻易给出信任。但它的本质很纯净，一旦选择信任，它就会彻底地信任。

男友说得对，我感到了凡·高的温暖。

凡·高的肉垫摸起来很粗糙，很可靠，像是做多了家务的长辈。我想起了好多幸福的时刻。它会乖乖让我攥住它的爪子，哪怕很久都可以。凡·高放心把自己交给我，不像那两只傻猫。一只小黑猫停不下来，像是有多动症，还在幼猫期。另一只白的你要是敢碰它的爪子，反手就给你一巴掌。

凡·高爪子很大，像是一只缅因猫，它的力气也很大。但从不把蛮劲用到我们身上，而是都用在了逗猫棒上，谁也抢不过它。玩到兴起，它能把逗猫棒从我们手中抽走。一只有劲儿的橘猫！

有时我会把凡·高的爪子放在手心，一遍一遍地问男友：

"橘猫的爪子都这样大吗?"男友也不知道。

这是我们养的第一只橘猫,我们谁都不知道。

但我们会猜测也会憧憬:凡·高长大后一定是一只大猫,是一只大老虎。说不定有缅因猫与豹猫的血统,是一只混血猫!据说,缅因猫的性格很温顺。凡·高就很温顺,这让我更肯定自己的猜测。

凡·高的好脾气大部分给了黑格尔。它最纵容黑格尔,也最关心黑格尔。每次黑格尔大叫着吐过毛球,凡·高都会踩着健壮的大爪子,飞奔过来,用最快的速度去舔舔黑格尔,以示安慰。还动作生硬地想帮小黑把呕吐物埋掉。

有时白居易从黑格尔身边经过,凡·高也会往前一步,试图帮黑格尔挡一挡。它自己就害怕白居易,不敢往前走太多,总是带着一点儿犹豫。其实小黑反而不太怕。

凡·高要保护黑格尔,不让小黑害怕。但好心没好报。它害怕的时候,黑格尔不会这么好心。

有时凡·高顺着窗帘布爬到杆子上,却不知该怎么下来。上面太高,它怕得喵喵叫,声音柔柔弱弱。黑格尔闻讯赶来,但不是来救凡·高,而是它也想爬得这么高。

黑格尔选择一条更稳妥的路,跳上书架,转去衣柜顶上,折腾半天才爬上了窗帘杆。

此时,窗帘杆就成了独木桥,两只小傻猫谁也下不去。本来就不好走,现在更是僵持在上面。

凡·高往黑格尔的方向挪,黑格尔就往后退。它们连转身都困难。两只猫谁都没有出声,凡·高也不责怪黑格尔。只是慢慢地挪着,氛围很友好。

我想如果是白居易在上面,黑格尔早就被打掉在地上了吧?

可凡·高不会这样的,它永远都是好脾气,哪怕最喜欢的小老鼠被黑格尔抢走,也不会多说什么。只是有点儿失落地看老鼠被叼走,背着耳朵,看小黑在一旁玩。

等到黑格尔玩累了,在不知哪儿趴下休息了,它才站起身主动靠近小黑,轻轻蹭一下。好像什么都没发生,重新叼起它认定的小老鼠,自己玩起来。

我曾经陆续送给凡·高五只老鼠玩具,因为它喜欢,可它唯独最爱开始的那一只。凡·高太过钟情,对玩具、对猫、对人都是如此。那只老鼠玩具被玩得眼睛、尾巴都不见了,凡·高仍叼着秃壳,四处溜达。大部分它喜欢的事物,只要它认准了,不管上一个玩的猫是谁,它也一定能从犄角旮旯中找出来,叼着走来走去。简直像它自己藏起来的一样。

凡·高一定有个喜爱排行榜,上面标注了各个东西的所在位置。

有天我坐在客厅看电视,听到厨房传来了塑料袋的声音。一探头发现,两只小傻猫在垃圾桶里偷吃。它们还蹑手蹑脚的,生怕被我发现。它们应该知道这样做不好。我觉得很有意思,便也想悄悄地挪过去,走近去瞧瞧。

那时凡·高很认真地找火腿肠的皮,把头埋进垃圾桶里,没发现我。

不过帮凡·高把风的黑格尔一转头,看到我了,它正面朝向我。我以为黑格尔会"喵"的一声发出警报,那我就暴露了。可这小黑球挪动两步,悄无声息地从我脚边溜过去,跑得比谁都快。

它都没想提醒一下凡·高,这只自私的小坏猫!

我再次弓起身子,缓慢走到凡·高身后。凡·高仍没察觉我。它找到了火腿肠皮,认真吃起来。对凡·高来说,火腿肠皮比火腿肠更有吸引力。我喂过它小块的火腿肠,它并不爱吃。

我盯着凡·高,悄悄弯下腰,在它动嘴的第二秒,轻拍了它摇晃的尾巴一下。

"嗖"的一声,凡·高被吓得飞起,整只猫弹起来半米高。跃过我弯腰时的头顶,直愣愣地,忘记控制方向似的,径直砸进垃圾桶里……

接着,从打翻的垃圾桶里张牙舞爪地跑走。脚下还打滑,在路上摔了几个跟头,根本没跑远。等我追过去,它发现自己逃不掉了,便整个身体侧面倒地。和它的性格一样,以为自己倒地示弱,我便不会训斥它了。

白居易趴在客厅书架的顶上,监视这一切。它的眼睛被照得只剩两条竖线,看起来更加冷漠。

我捡起火腿肠的皮,走到卫生间扔进垃圾桶,再出来把门关上。

等我转过身,发现厨房的垃圾桶前多了个黑影,是黑格尔又跑来这儿找东西吃。这没记性的黑色小偷!

至于凡·高,因为被轻轻拍了一下尾巴,吓得拉了一天肚子。我们第一次遇见如此胆小的猫,它是真的吓坏了。从那以后,我们再也不敢和它开玩笑。

过了一段时间,凡·高似乎不满足于火腿肠皮,开始对家里的塑料拖鞋下手。我和男友调侃,有时它的钟情是一种"可恶的执着"。不过我们只是笑着训训它,直到朋友家的猫住了院。也是偷吃拖鞋,吃到肠胃梗阻,无法进食、排便,只得做手术把肠胃里的碎块取出。我们便开始担心凡·高。还好冬天马上要到了,我立马把塑料拖鞋换成了棉拖鞋。可凡·高又将棉拖鞋视作怪物,每当我踩着它走路,凡·高就跑着绕开我……

也就是那时天气转凉,凡·高突然变得亲人,常常撒娇似的跳上床,主动找我一起睡觉。有时它站在床沿叫一声,让我把被子张开。我掀起被子,它就钻进去,贴着我的肚皮,蜷成一小团睡觉。可是和它的毛接触久了,我的肚皮会起一些红色的疹子,抱白居易与黑格尔就不会。我也许是对短毛猫过敏,我猜。就算过敏与红痒,我仍欢迎凡·高来我的被窝,因为贪恋它的温暖。

凡·高眼中我的角色,应是从陌生人,到了普通朋友,再到亲人。我换取到了这只猫的真心，建立了足够的情感联系。这不正是我养新猫的初衷吗？

我摸着它的肚皮，不自觉地嘴角上扬，认定以后十年的时光里，都会有一只亲人、乖巧的猫咪陪伴。

天气晴朗的一天，凡·高和小黑都跳上窗台，不知被什么吸引了，抬头往外看。它们像之前跳上窗帘杆一样，在这单行道上挤着。后来干脆你叠我，我叠你，两只猫如软面条一样，交叉在一起。但都依旧昂着头，看着窗外。我觉得这个场景很好笑，也很温馨，就拍了张照片。男友说正好有人征集猫照，做下一年的猫咪日历，不如我们把这张投过去。我看着照片，依循两只猫的视线，也将目光投向窗外高处。窗外的海棠树，仍然枝叶繁盛。我把照片投给了日历制作方。

* * *

也是10月底的时候，凡·高发情了，那时它刚快满一岁。它与我们都受到激素的折磨，家中一多半的时间都能听见凡·高叫春的声音。叫起来很吵，但它的声音还挺好听。

凡·高分明是只公猫，发情后却从不找白姐，而是莫名其妙赖上了另一只公猫黑格尔。

也许是白居易太凶，而且公猫会视另外的公猫为竞争者。才半岁多的小黑可就惨了。

凡·高常常趴在地上，看到黑格尔叼着纸团经过面前，便一下子跳过去，健壮的四肢伸展开，把黑格尔卡在中间。黑格尔反身就是一咬，以为凡·高在闹着玩，根本分不清怎么回事。它用两只前爪抱住凡·高的大脑袋，后肢不停地踹凡·高的肚皮。等到它把凡·高踹到一边，重新站好准备玩纸团时，凡·高再次跳到小黑身上……

反复几次后，黑格尔觉得凡·高总是打扰它玩纸团，终于有些烦了，发出"呜呜"的厌恶声。暴打几下凡·高的脑袋，叼着纸团飞速逃跑。

男友笑着调侃，说这只小黑也知道被别人烦是什么感受了，谁让它总去烦别人。

凡·高应该去做绝育，既然这样，黑格尔也可以一起做了。不过，它们还没打猫三联疫苗。

我们商量了一下，反正家猫不出门，我们每天进出房子也用酒精消毒，不会有什么大问题的。男友每天回到家，再多喷一遍裤脚和鞋底就行。可以先做绝育，再打疫苗。

要是先打疫苗，会耗费九周以上，打完又要半个多月才能绝育。猫咪发情会焦虑，也许会痛，耽误太久不好。

于是，我们约了白居易绝育时的医生。说好11月8日做绝育手术，凡·高与黑格尔一起。

为避免它们出门害怕，让医生上门来绝育。

医生上门前，我与男友把这两只猫关进了不同的航空箱。

怕等下陌生人来，它们就跑没影了，只得先行准备。等到医生和助手一进来，我们直接把航空箱都放去了客厅。在航空箱落地的一瞬间，凡·高与黑格尔对视了一眼，像是意识到了什么，都开始疯狂挠箱子、踹箱子，甚至用头撞箱子。我与男友站在一旁，没想到它们反应会这么大。有些庆幸提前抓好了。

平常家里来人时，两只猫还会蹲在卧室门口，好奇又害怕地打量。就算有人走过去，也不会立马逃跑。这次怎么这样夸张？

之前在网上看到，说动物能识别出宠物医生。现在我有点儿信了。

刚刚男友给医生开门时，白居易还站在卧室里探头看了眼。发现是他们俩，赶紧一溜烟逃跑，躲到屋里最顶上。白居易应该记得他们，也可能是闻到了医生身上的味道。这两位宠物医生，在一年前给白居易做过绝育手术。白居易一定心想：你们怎么又来了？

果然，动物是知道谁是"坏人"的。

笼子半开着，医生给两只猫注射麻醉药。黑格尔刚扎完，准备关笼子时一下蹿出来，跑到门口的鞋架上。我想把它抓回来，可它全身发抖，死命把脑袋卡在鞋架边上最窄的木条间隙。我只能抚摸安慰它。凡·高倒是乖很多，在笼子里虽然撞了几下，但总归没往外逃。

凡·高先做的手术，很顺利。做完被平放在了地板上，脑袋和四肢不受控制地瘫着，看着可怜又诙谐。

可轮到黑格尔，打完麻药的它，连被医生碰一下腿都有反应，更何况是蛋蛋。我问医生是不是麻醉不够。

医生说："麻醉只是没了痛感，但它仍有知觉，知道我们在碰它。"我就让医生更仔细些。

黑格尔的手术比凡·高长了两三分钟。手术的全过程，黑格尔都睁大眼睛看着我，充满无助。

结束后，医生将它摆在凡·高身旁，让它头尾相反地对着凡·高。它们脑袋挨着对方的脚侧躺在地上，舌头也都当啷出来。仿佛汉堡的两片面包，又像两块契合的拼图。我甚至怀疑，这个有趣的造型是医生故意的。

两只猫都被重新关回航空箱，以度过麻醉消退后的短暂应激。

绝育过后半个月，见两只猫恢复得差不多了，我们计划周末带它们打疫苗。

可没想到，在准备打疫苗的前几天，我们捡到了卡罗，打疫苗的事又延误了。

* * *

2019年末，2020年初，新冠肺炎疫情暴发。随后影院歇业，剧组也没法拍戏。不知道建筑行业如何。

我仍与男友住在沙滩，这是我们临近搬家的交界时刻。我再一次没考上电影学院，依旧差了几分。

考研的希望破灭，又打算去找影视方面的工作。可朋友告诉我，他们那边影视区的公司，一大半都停滞了。他说这不是找工作的时候，等缓一缓再说。

可我不能一直宅在北京的房间里，靠父母供着。我已经二十五岁了，我不能停滞。

影视不行，难道我要回去做建筑？我犹豫了。

此刻的我正像罗丝一样，浮在北大西洋的冰上，寻找可以停留的木板。我应该找份工作了。迫于北京的房租，或其他生活压力，我必须出去找份工作。

我选择妥协，决定去建筑公司上班，重拾旧业。哪怕情况可能也不算好。

我已快两年没接触建筑，画图早就生疏。还会有公司要我吗？

以及，我不敢把这个决定告诉朋友。我怕那些夸我敢于追求梦想的人，现在说我放弃了。

我试着催眠自己：我是仍对建筑保持热爱才回归的。

我开始制作建筑相关的简历与作品集，投递了许多家建筑公司。有很多公司好奇我影视方面的经历，打来电话询问。结果往往是再也没有音讯。只有一家小公司决定面试我。

面试当天，我戴着防毒面具出门，似乎有点儿夸张。平常满载乘客的地铁上，几乎没人。

到了面试的办公室，我发现老板也戴着防毒面具。这样的场景，让我一时分不清是病毒更残酷，还是社会规则更残酷。或者说规则下的我们，都很顽强。

工作的第一个月，我努力适应公司的节奏，学习新软件、新绘图方法。老板在清华上的建筑本科，又去国外读了研。他只给我一天时间适应。第二天，我就接手了山地博物馆的项目。与老板在项目设计上的讨论，让我有种大学时讨论课题的愉悦。就算要加班熬夜，我也觉得这是器重我的表现。或者说，我确实又感到了对建筑的热爱。只是每晚回家时，末班车都已没了。

这样持续了没多久。博物馆项目停滞，我接手了福建省某火车站的项目。具体包括站前广场、三层地下停车场、地铁站、公交枢纽站……

一连串与这座火车站相关的建筑设计，都只由我与老板两人负责。当然，是我画图，他审核。

像每一个做建筑的人一样，我熬夜加班到深夜。那段时间我们搬离沙滩，刚搬到积水潭，要打理的事情很多。生活小区到晚上12点锁门，想要进去只能给保安打电话，出示通行证。保安被吵醒后，会在寒夜里披着件棉袄出来，对着我训斥半天："以后没人给你开，睡大街吧！"刚搬来时，他还和我聊得挺好呢。我确实对不住他，可谁来体谅每天熬夜加班的我？

火车站项目附近有一座高架桥。甲方给的数据不准确，时常调来调去，我也只好不停跟着改动。高架桥桥上的部分，经过火车站一层进站口，桥下正好是地下公交枢纽的入口与出口，以及停车场的入口。涉及的出入口很多，牵一发动全身。差几厘米，我都要重新算一下，比如：

公交车拐弯的时候，会不会离高架桥的柱子太近？公交车进出地下枢纽站时，出入口是否会擦到车顶？停车场的入口与出口要不要调换位置？如果换了，是否影响地下三层停车场每层停车位的排布与流线，或垂直电梯的位置？再或者更基础的，公交车的坡道高度是否规范？

虽说不断改数据已是这行的常事，但本次的时间太紧，老板与技艺生疏的我脑中都绷着一根弦，随时在紧张地计算，随时会爆发。

我害怕自己出错，老板害怕我失误。有时我因操作不熟练，绘图动作慢了，就会被劈头盖脸一顿骂。

我一直把脑袋压低，盯着屏幕，把注意力投入到方案里，假装充耳不闻。从中途接手这个项目起，我已被连着骂了两周，一天都没断过。有时被训得快哭了，我便赶紧打个哈欠，顺势擦掉快溢出的眼泪。我坐在屏幕前工作，刻意忘记去喝水、吃饭、换卫生巾。我以麻木抵抗一切。

可在长期的骂声中，我仍不可避免地，越来越感觉自己无能——是个废物。

那段时间，老板常常火急火燎地走进办公室，和我交代事情。他以为我听懂了，便匆匆离去。可我脑力切换没那么快，看着语速飞快的他，又不敢多问。只能在他离去后自己复盘，自己推导，迷糊地继续工作。心里紧张，害怕图画得不对，又担心画得慢……于是错误百出，被老板大骂，循环往复。可直到我熬完夜，12点后回到家，每日被训却仍未结束。小区的保安还会继续骂我。

有天上班前，我像往常一样把麦片倒在牛奶中。可面对这份早餐，我只是愣愣地坐着，迟迟没有动口。感到自己的身体隐隐作痛，思维很僵。我用勺子舀起一勺麦片，又放下，再舀起，眼泪就流了下来。

我想起那些本科同学，他们也得实习三个月才能开始接手项目。而我毕业后没从事这行，却第二天就开始接手，且强度逐渐增大。我知道这样可以锻炼人，把人磨出来，可对我来说更多的是绝望。

我记起老板带我去过一次工地。每个人都戴着安全帽，但那些工人并不理会我，只与老板说话，哪怕我才是项目的设计师。也许他们觉得我只是个小跟班，也许因为我是女设计师。总之，没被尊重的感觉，更加剧了我对工作的抗拒。生理期加班不会有人知晓，我的同学因长期熬夜画图，压力大，未婚未育便患了子宫肌瘤，也不会有人在乎。所有的环节都是苦熬。

我想辞职，我想要变回轻松且健康的自己，但我能在疫情期间找到更合适的工作吗？真的要这样果断？

我的眼眶里满是泪水，逐渐看不清碗里的麦片，似乎只是手握空气，用空气勺子搅动着空气。

脑海里那艘巨轮再次出现，此刻它戳在冰海之中，已经折断，即将重重地沉下。罗丝躺在漂浮的木板上，空气冰冷，她手里牵着水中杰克的手。杰克在冰水里浸泡了几分钟，颤抖着，很快就一动不动。他的面色苍白，已经死去。

* * *

辞职以后，我另辟蹊径，想在文字与建筑之间找到出路。应该有这样的工作存在吧？我投了一些简历。

我常常乘着公交车，或者地铁，在北京漫游，调节自己的心态。我更喜欢坐公交车，因为窗外的风景给我透气的感觉。偶尔接到几个面试通知，就穿过半个城市去碰运气。

我还独自预约了卧佛寺，因为寺名谐音"offer"。有点儿好笑，但这样的情境下，似乎又有点儿悲伤。

有一天我在公交车上，前面坐了一对情侣，脑袋聚在一起不知在看什么。好像其中一人突然拍了对方的手，我听见女方小声地说："怎么把套放钱包里啊，这么脏。"

男方稍大声一点儿说："这有什么？都说会带来好运。"

年轻人玩笑般的迷信的荒谬，也让我想起，我是在危险中上下班的，周围都是看不见的病毒。现在也是一样。

或者说，人类每时每刻都被不同病毒、细菌、真菌、寄生虫所包围。我们只是没意识到。

那天回到家，我进门给自己喷了更多的酒精。吃过晚饭，男友就要去床上看旧书。我想到这些二手书，买来前都不知经过谁的手，有些还掉渣，突然就生气了。

"你怎么在床上看书？"我问。

"我不在床上看，在哪看？"男友感到莫名其妙。

也就是第二天，我得到了新工作，又得冒着危险出门了。是一家国内有名的建筑信息网，我投的建筑编辑。新的公司看起来很大，很正规。这是我面试时的印象。可上班后，我听到每天都有人在大声辱骂彼此，甚至冲进领导的小间，指着领导本人的鼻子骂。领导却置若罔闻，可能已经习惯了，还端起了茶杯喝水。

在这儿工作的第一天，HR因为擅自改动了员工的合同，将员工填写的"资金转到员工账户"改成"资金转到公司账户"，与人打起架来。第二天，有同事告诉我，面试时HR说的"五险一金"是骗人的，其实只有"五险"。第三天一早，公司给我罗列了一堆毫无必要的、需要每天层层汇报的报告。这天下午，我再次辞职了。

抛开外界的因素，也许我根本不适合坐班吧？但我仍应继续寻找新的生活。

我不喜欢外界给我带来的负面情绪，但若真的宅在家中，只面对自己，我又会一筹莫展。无论辞职之前还是辞职后，我都像是浮于海面的船板。男友看不下去，终于问我是否想学写小说。我刚和他在一起的时候，他就说不希望自己的女友也写作，说因为他不信任写作，而且写作很痛苦，是以痛止痛。某种意义上他有点儿像猫咪凡·高，在人与人的关系上有一点儿疏离，好像不信任别人，也不信任自己，对一切都有点儿迟疑。

但他自己写了十几年，坚持这么久，可见他还是相信写作的。他在这样的时候问我，像终于做出重要的决定，是谨慎地做了决定，就要全情投入的感觉。

我仔细想了想电影和文学的关系。我写过剧本，文字总会以它独特的方式相关联，我也更喜欢独立完成的事情。我确实一直在写东西，虽然写得不好。我应该能写小说，从电影之中金蝉脱壳。

我决定开始写作，可以写任何我想写的。在积水潭整租的"新房子"里，书桌、椅子、书本、电脑，所有与仪式感、与独立空间相关的东西，此时我全都拥有。我有自己的桌子，我为写作做好准备了。我会比挤在小房子合租时做得更好。

我再一次充满希望，像罗丝漂浮在北大西洋上，已看到赶来营救的人。我拿起船员身上的哨子，吹起了那声哨响，营救自己。

我仿佛重生一般看书、写作，看电影、拉片，得空时撸猫、健身、学习烹饪。试着活在生活里，活在当代年轻人奋力追赶之余，被忽视的生活里。

我的电影片单更新到了库斯图里卡、基耶斯洛夫斯基,男友说我电影审美提升了不少。可那时我还看不懂《地下》的讽刺,看不懂沉重的东西,只能看懂幽默;我还看不懂《蓝白红三部曲》里的象征,只能看出人物在三部电影中的关联。但没关系,我还会继续提升的。我有自信。

男友说多拉片、多思考,电影中也能摸索到小说技巧。他教我将视听语言,转换为文字上的构建营造。

我一遍一遍地拉片,记下电影中的细节。虽然学的是写作,对电影的理解却比在云南自学时提升好多,熟练得多,也细致得多。我更能梳理出电影中的呼应关系。那些细节被稍作整理,在我笔下变成了影视评论。自我提升之余,影评还被我发了出去,赚了些稿费。这在花销较大的北京,也算弥补了些细碎。

在积水潭"重新生活"的这一年,我看了近四百部电影、两百多本小说,练笔达到了二十万字,也减掉了二十斤赘肉。虽然我写得还不够熟练,不能熟练地把脑中的所想,变成完整的一篇小说。但是我知道,我在进步!(那时我不知道的是,电影、文学确实能带来不同的人生,同时也带来"我经历过了"的错觉。如何消除其中的鸿沟,仍是一门艰难的学问。这也是男友对写作难以信任的部分。)

*　*　*

　　黑格尔去世的第二天，也是凡·高住院的第二天。那天我在医院陪了凡·高好久。

　　我想把头两天亏欠黑格尔的陪伴都给凡·高。哪怕知道黑格尔已经不在了，没法真的弥补我在它死前缺失的陪伴，也是自私地为了自己心里好受，假装可挽回似的陪着凡·高。

　　我仿佛在看护室的椅子上坐了一个世纪。从早上到下午，早餐都已经消化光了，我仍愣愣地坐在这儿。我不敢点外卖，怕我吃东西的时候凡·高也馋，而它还没恢复进食。我觉得饿、困，这些都是面前的检验，熬过去就能救凡·高。我也没拿一本书在这里翻阅，想把陪伴凡·高的时间变得纯粹。

　　我戴着口罩，怕凡·高不认识我，便一直轻声叫它的名字，表示它不孤单。

　　凡·高全身的毛都湿漉漉的，身下的垫子每几分钟就会被尿、血便浸湿一遍，得由护士定时换新。它没力气合拢嘴巴，嘴角与下巴因经常呕吐，也全部湿润着，挂着口水。

　　凡·高已经大小便失禁了，说明病毒已侵入它身体深处。它侧身靠在猫笼最里面，小心又害怕地缩着，眼皮无力地耷拉。这场面对我来说并不好受。

　　医生告诉我，经过治疗，凡·高连续十八小时没有呕吐了。如果坚持到二十四小时，医院就会尝试给它喂食。这是久违的好事。

"如果吐了，前功尽弃，"医生说，"但必须得迈出这一步。"

医生说在暂不考虑身体有由便血、吐血引起的并发症的情况下，喂食、喂水，通过消化系统用药，是恢复得最快的，前提是别吐。因为进食会加剧呕吐，所以打了止吐针的猫，基本都不会再喂食。凡·高此时已经空腹了三天，肠胃的损伤可能到了极限。应该尝试恢复了，否则后遗症也会很严重。

我希望它能赶紧好起来，吃点东西，缓和一下肠胃。我在心里为凡·高祈祷。

医生说完今天的输液和治疗策略，已经下午5点多了。我对凡·高稍稍放心，准备回家缓一缓，吃个饭再过来。回去在沙发或书桌上睡会儿，不能补觉太久。那时我靠在猫笼门口，对凡·高说："要加油啊！我马上就回来，不要害怕。"

凡·高像是听懂了的样子，尽力转过头看我。不过头晃晃悠悠的，身体无法支撑，眼神四处飘散。但我知道，它是想要看我的。

"喵！"凡·高突然大叫了一声，声音分外刺耳。这是它患病后叫的第一声，也是唯一一声。

我能分辨出凡·高的声线还是像平常撒娇一样，嗲嗲的，但这次多了凄凉与嘶哑，那份嘶哑仿佛要将我击穿。它三天没进食进水了，却仍扯着嗓子对我回应。

那时我并不知道这一声意味着什么,以为是凡·高对我的回应。我恰好录了下来,心想凡·高一定是要好了,不然怎么有力气叫呢?

回家路上,我有了些底气。在楼下买包子时,我感觉自己的声音比前段时间轻快多了。

我路过小区快递柜,把刚到的猫咪毛毯取出来。这是黑格尔住院当天为它买的,现在看来,可以给凡·高用上了。

到家以后,我给自己全面消毒一遍后,陷进沙发。松懈地一边啃包子,一边回复私聊问候的朋友。我还看到电视机旁的假花掉了花瓣,捡起来想拼回去,却发现拼不上了。

白居易还躲在被子里睡觉,我没去打扰它。

我又在心里复盘了一遍,确信凡·高跨过这个坎就能好。我在朋友圈分享了一首《好运来》。

然后放下手机,拆了猫咪毯子的包装,取了毯子去书房。将新到的毯子平整地铺在笼里,想象凡·高回家后躺在这上面的样子。不到两分钟的时间,等我从书房出来,手机就多了一条住院群的信息,是护士发来的视频。视频里,医生正在凡·高身上按压,像在做心肺复苏。凡·高到底怎么了?

紧接着,刷出一句话:"医生在抢救凡·高。"分明才离开半小时不到,怎么就抢救了?

不敢耽搁,也没时间在线上提问。直接回复了句"马上到",便立马披上外衣,拿着手机就往出跑。

此刻正是晚高峰,小区外的街面上堵着长长一串车。我没多想，直接跑了起来。我要跑着去医院，奔跑比打车更快。边跑边按住屏幕，给男友发了个简短的语音。奔跑就像在闯关，原来跑在路上是这样的心情。

跑到一个红灯处停下，男友还没回复消息，兴许是在开会，忙着工作。我没管那么多，直接把电话拨了过去。男友说他刚开完会，马上过来。

我戴着口罩与眼镜，呼哧呼哧在人行道上又跑起来。擦肩而过的人，大概会以为我在赶地铁吧？

我喘着粗气，哈气顺着口罩喷在眼镜上。我逐渐看不清路，呼吸也有些困难，只得把口罩褪至下巴，摘下眼镜握在手里继续跑，在寒风中吐气、吸气。刚刚被哈气润湿的脸遭冷风一吹，感到一阵刺痛，肺也因为一热一冷的大喘气而有些难受。

可我不能停下，我必须跑得更快。视频里的凡·高不停在我脑中出现，我必须拼尽全力奔过去。我恨自己为什么不能再多饿一会儿，也许我在，它就会一直好好的。

还剩最后一条不宽的马路，细得像一条小溪。马路对面就是宠物医院了，离我不到十米。

我的手机却响了起来："凡·高走了。"

那是2020年12月4日下午6点，黑格尔去世的第二天。凡·高刚才的叫声，又在我脑中响了起来。

我分明再一分钟就能见到它了，它却没坚持住，鲜活的生命与我擦身而过。我恨自己没有跑得再快点，也恨没有找到可以骑的共享单车。如果快点、更快点，凡·高便能听见我的声音，也许听见我的声音，它就会坚持住。熬过这关键的一个小时，就能逐渐进食、好转、回家……

我站在马路边叹了口气，眼泪这时就要往外涌，我赶紧看向天，雾霾的天空下连夕阳都看不见。我把眼泪生憋了回去。克制地在群里回了消息，说我已经到了门口，便把手机揣进口袋，再也不想拿起刚刚那段记忆。整个人像是出故障的机器，一顿一顿地走过马路。我不知道刚刚自己是如何奔跑的，现在的我，化成了一摊死水，任由周遭事物的短长在我身上穿梭。

我看见护士握着手机推开医院的门，在寒风中穿着单薄的白大褂望着我。

我努力走到门前。她对我说遗体还在，给我留着看最后一眼。

荒谬但可笑，不到半个月时间，整个医院都认识我了，甚至能猜到我的想法。每次遇到打招呼时，我都能从他们眼中，捕捉到复杂微妙的情绪。

我把口罩、眼镜重新戴好，又振作精神，跟着护士一路走。从医院门口到重症监护室的路，我既希望短一点儿，又希望长一点儿。

我们还是到了。视频里医生抢救的时候，为了方便治疗，凡·高已经从笼子里被抱到了地面。现在它依然躺在地上，身下还垫着两张毯子。凡·高全身仍旧湿乎乎的，沾满呕吐物、排泄物。它的眼睛还没有闭上，应该没力气闭上了。

凡·高太瘦了，它只剩个橘猫的架子了，一点儿曾经强壮的痕迹都捕捉不到。整只猫侧身躺着，我看见它干瘪的肚皮，像一片纸。它的脸部也变得紧绷，让犬牙暴露在了外面，没有足够的肉可以包裹住。

我蹲下身子，准备摸摸它。医生知道我家里还有一只猫，递给我一次性手套。我摆摆手拒绝了。

戴手套也无法阻止病毒了。上次抚摸黑格尔，我就后悔用了手套，如今告别凡·高，我不能让自己再后悔一次。

我要真正的、有接触的告别，我要触摸凡·高还未消散的精神。

原本硬憋回去的眼泪，在我把手放到凡·高身上的时候，溃败决堤。眼泪不受意识的控制，溢过口罩的外沿，顺着脸颊和脖子流淌了下去。

凡·高的身体还是热的，它还有体温，让我觉得它还有救。还是一只柔软的猫，算不上一具"尸体"。

太真实了。真实得令我恐惧。这分明就是一具有生命的……尸体？

可我不想承认这是尸体，我的认知与感受在分离，在撕裂。这分明是我懂事乖巧的凡·高。它还活着，软软的，有温度。只是不会叫了，不会动了，有些瘦了。

我握住凡·高毛茸茸的小爪，它爪子的肉垫表面，还是那样粗糙；它的骨架仍那样硕大，但身体不再有力，四条腿摸起来只剩骨头，没办法再将我蹬开。

我摸了摸凡·高的脑袋,心里不停叫着:"凡·高,凡·高……"可凡·高的眼睛半睁,没有任何反应。

怎么就不能再等等呢?分明再过一两个小时就能进食,就会有好消息,怎么就没熬过去呢?我不停地问自己,怎么连最后一面都没见到。

难道我刚刚离开的时候,凡·高那声凄惨又卖力的叫声,是在与我告别吗?它真的熬不住了,到了它最痛的时候。可我现在才知道。

自作多情的我会觉得它在挽留我,或让我不要离开;会觉得它知道自己要去世了,想最后再说些话。无论人类怎么揣测,事实都是,它虚弱的身体只允许它喊出这样一句。这是它最后的声音了。

才一个多月,生性慢热的凡·高才刚接纳我,才刚把我当成亲人一个多月。

它刚会在深夜爬进我被窝睡觉,刚会在我难过时用脑袋蹭我的脸,刚爱上我们的沙发,而不是笼子里的吊床。这只初次见到我们时,绕着我们走的猫,现在看见我都会在地上打滚了!

这只强壮的橘猫,在医院把我当成靠山的小老虎,居然瘦得只剩骨头离开了。

我听说人在弥留之际,会看到自己死去的亲友。那么凡·高呢?会在最后的时间看到黑格尔吗?

我还听说,人在弥留之际会想见自己的所爱一面,那么猫是不是像人一样？如果是，那凡·高与黑格尔会在离世前想念我们吗？而我们的形象，能否为它们减轻一点儿痛苦呢？我们值得吗？

猫咪的生命多么简单，仅拥有寥寥几只猫咪同伴，以及我们。可它们最后的时刻，我们都未能陪伴。

我记得下午时还问过医生，为何凡·高呼吸频率过高。医生说："那是因为它痛。"

我恨透了猫瘟，它带给我的猫难以想象的疼痛。猫咪分明那么小，输液管那么细，输液的速度都要克制得极慢，却在承受这样的疼痛。

我心疼，又没有办法，没法直接战胜病毒，没法改变病发的周期。只能给凡·高加油，期待它身体底子够厚，期待很能忍耐的它努力熬过去。

我想起凡·高刚送治时，因为它的强壮，我与男友还抱有希望、满怀憧憬，我们聊到下次搬家时，希望至少可以带着两只猫一起。但凡·高终究没能熬过。

* * *

在绝对的现实面前，我感到震撼，我受到了新的教育。在震撼中，又感到难以消化的无力。

我曾经感受过的，电影、文学中角色"死过一回"带来的感触,能抵得上身边的、哪怕仅相处不到一个月的猫咪的死亡的十分之一、百分之一吗?

能抵得上身边的猫咪接连死亡的千分之一吗?

我更感到震撼的是,难道电影、文学的作者,真的有过这样的感触吗?只有我是刚刚接触,近距离、真实地接触这一切吗?原来这仅仅是常识吗?是无可回避的、所有人都终将承认的真实,并且是这真实的极小部分而已。

我终于开始经历真实,经历比想象更深的真实。

救 白居易

三只猫去世后,我与男友神经越发紧张。我们仅剩下一只猫了,这是残存的一点儿希望。

发病就是时间问题,我们应保持精力,与猫瘟背水一战。但白居易没有症状,我们似乎也无事可做,只能观察与等待。最后的"靴子"迟迟没有落下,让我们觉得时间在虚度。

这场病像是个邪恶的老师,把我一下子从对猫瘟的一无所知,变成现在至少"小学毕业"的程度。我们被迫按照它的节奏,与它进行战斗。我们只能尽量有条有理。

在家的日常,就是反复抚摸白居易,尽可能不让它离开视线。不停和它对话,不错过一丁点儿异常,在它还未犯病时就希冀它能被治愈。

我们脑袋上,有个看不见的时间表盘。听不到秒针的声音,但知道时间在艰难地熬着。

猫瘟,可能晚一分钟就会死,这是血泪换来的经验。不可能像之前医生说的那样,等白居易呕吐过再送治。我们已不能再犯错了。我决定听那位护士的话,只要猫咪没有食欲,就去医院。

于是从凡·高去世那天的傍晚开始，也就是周五下班后，每半个小时，男友都会拿出冻干肉喂白居易一两粒。要是发现白居易不吃，就立马带它去检查。

星期六的早晨，半睡半醒之中，我听见白居易去吃了猫粮。这声音让我感到安心，就趁此机会，迷迷糊糊地又睡过去。也不记得自己又睡了多久，可能一小时不到，就听见冻干肉包装袋的声音。

是男友把柜子里的冻干肉拿了出来，他晃动着发出声响，吸引白居易。

"它刚吃过猫粮，别喂了。"我从床上转过头嘟囔。

"不行。"男友说。他一定要遵循半小时法则。

男友继续晃动包装袋，把一粒冻干肉摆在地上。白居易走了过来，闻了闻，没吃，趴到了猫抓板上。

"吃吧，"男友对白居易说，"你可不能不吃，你不吃我们就带你去打针。"

我从床上坐起来，还没完全醒来，只是看着他。男友平时就有点儿心理过敏。

我重复说："真的，别喂了。白居易刚吃过猫粮，兴许吃太多了不饿吧。"

男友遵循规则的方式，连我都觉得像行为艺术。

男友摇了摇头，显然不信我的话。他说："白居易现在趴着的姿势就不太好，和那三只猫犯病前趴着的样子很像。"

我有些疑惑，我根本看不出来，还觉得是他太过敏感多虑。在我看来，白居易是正常地趴在猫抓板上，只不过四条腿稍有些在用力。脑袋和身子有点儿弓起，像是肚皮离地面还有缝隙，肩胛骨处也有凹陷。我觉得这是猫攻击蓄力时的常规造型。

男友转身回到柜子前，又拿出白居易平常最爱的罐头。他像往常一样晃动铁罐，让里头的肉与汁水相撞，发出诱人的声音。

白居易无动于衷，看都没看一眼，仍旧趴在猫抓板上。男友用手敲打罐头，同样无效。

——坏了。连最爱的罐头都不理，我也意识到情况不妙。

我赶紧从床上起来，提起精神。我们不得不去医院了。两个人一起，先把白居易装进航空箱，再各自穿上大衣。不老实的白居易很难抓，又聪明。如果等我们穿好衣服再抓，它就知道要带它出门，一定逃得飞快。

我们穿衣服的时候，白居易就在笼子里叫嚷，叫得超级大声，似乎是骂我们为何把它关起来。

可是眼下的情况，已由不得猫自己做决定了。

到了宠物医院，男友直接带白居易去诊室，留我在前台注册。

前台问我猫咪的名字，我说"白居易"。一说出口才想起来，这是我登记的第四个名字了，之前的三只猫都已经不在了。这样的场景，让我感觉好像身体被卸去一块，有了几日如隔世的恍惚。还有种被窥探时，想要隐匿的感觉，想躲进健康无事的生活。可前台护士还是开了口。

"你家还有猫吗？"她好奇且好心地问。

"没了，"我说，"最后一只。"

前台叹了口气，尝试着安慰我："它一定会好的。"

今天是我的老乡医生值班。在我们等待猫瘟试卡与血常规结果时，医生对白居易进行了体格检查。他看了看白居易的精神状态，测了呼吸次数与脉搏，量了体温，用鼻子去闻白居易的鼻头，检查白居易的可视黏膜……

试卡一道杠，阴性。医生看了数据，说白居易有一点点贫血，眼角膜有些发炎。但都不严重。

如此看来白居易还没有大问题。这对我们来说并不是什么好事，因为我们确定，猫瘟已经在它的体内了。只是还未大肆扩散，呈现出的表征实在不多。

医生问我们，白居易有没有接种过疫苗。我们说它在很小的时候打过，是男友自己在家打的。网上买了疫苗通过冷链快递到家，放在冰箱里，间隔几周注射一针。

打完三针，就再没有补过针，自己打的效果也难说。真不该这样投机操作。我们三人都陷入了沉默。

思考了几秒，医生说可以把血液单独送检，做PCR检查（扩增特定核酸片段的技术，若血液中有微量病毒，其在扩增后更容易被检出），价格不便宜，所以之前一直没说过。工作日的话，两个小时左右能出数据。但今天是星期六，人多，大概明早才能出结果。

就算明早出结果，也比观察来得有效吧，我想。

我们同意了。我的心里恍然大悟，以前居然不知道有这样的特殊方式，只是一味地"好好观察"着。

我想到了其他几只猫，有些责怪那位医生。为什么不早说？要是黑格尔早点去做PCR检查，是不是能救回来？但也有可能如卡罗一般，发病速度远比送检更快……

可当时我们根本不知能做这个检查，我们少了一种救猫方式。猫咪已逝，无论如何由不得后悔。

我与医生商量，能否在结果出来前，把白居易先留在这里打针。因为白居易已感染的概率太高了。医生也了解我们家之前的情况，便没有拒绝，说他会给白居易安排消炎针与葡萄糖输液。就算白居易不拉不吐，他也会让护士给白居易硬喂一些吃的。

我们跟着白居易去了重症监护室，路上遇见了医院养的那只白橘猫：院长眼里经常打疫苗，不会被猫瘟侵袭的那只猫。它现在被锁在笼子里。

我问医生这猫怎么不出来玩了。医生说，你们家的毒株太强了，现在整个医院每天都消毒好几次，刚刚给你们用过的诊室，今天消过毒也只能接待狗了。

这让我感到无言。毒株，我第一次正视这个概念。

我一直觉得猫瘟病毒很强,一直将所有罪责都加在自己头上,却没有想过,比普通的猫瘟更强,强到让医院的白橘猫也害怕的,是具体的毒株。

甚至可能是"万里挑一"的毒株,被我们这样的多猫家庭撞上了。我们成了"错"的一部分。

这也让我意识到,在病毒面前,医生的判断也要试错,会不断调整。医生只是懂得更多的普通人。

不断变异、进化出分支,不断传播的病毒,有强有弱,在冬天的空气中形成一张概率网。

此时我已不知该怪自己运气太差,怪自己不够负责,还是该说毒株太强了。

从医院出来,我们又在空中见到了喜鹊。传说见到喜鹊是有好事发生,可目前来看,我们一只猫都没有救下来,还会有什么好事情呢?

男友说:"可能是医院养的喜鹊吧。"

我笑了笑,知道他在随口调侃。可以确信的是,这喜鹊见了太多宠物的生死。但我们仍希望这次的喜鹊,会真的带来好运。

* * *

2020年12月6日,也就是白居易住进医院的第二天清晨,血液送检结果出来:猫瘟。

与我们先前料想的一致,一块石头落地。现在等着我们的,是真正的最后一战。

此时我们已经花费了近四万块,生活压力变得更大。积水潭的房东还在前几日告诉我们,他准备年后卖房。让我们收拾收拾,说随时会有人来看房的。我们又要开始收书、找房了。

猫咪出事的这半个月,我们除了管一位好友借过钱外,没有告诉太多朋友这件事,因为实在不好意思让大家担心。

男友有位设计师朋友,留着长头发与长胡须。我原本不太喜欢他,因为他常常在凌晨1点打电话过来,讨论封面设计。一打就得一小时以上,打扰我们的正常作息。他喜欢边聊边调整方案。

那天下午,他又打了电话过来。我以为他除了深夜设计外,周末也开启了工作模式。结果却是他不知从哪位朋友那儿,听到了我家猫咪的情况,打过来向我男友核实。

确定情况后,这位朋友一定要帮忙,说要给男友转一些钱。男友百般推辞,却还是拗不过他的好意,只得接受。没想到朋友转完钱,还好心地在朋友圈说起这件事,配上猫的生活照。

马上有人也要资助我们。我们共收到认识的、不认识的朋友给的近三千元。我想这里面的一些朋友,可能和我们一样,每月的收入根本不够花,却还愿意出一份力。无论多少,都是心意,对现在的我们来说,也都能缓解燃眉之急。我们把所有数额、姓名都记了下来。

检测出猫瘟阳性的白居易，一直不肯主动进食，脾气还差。护士强喂也不吃，咬人，很抗拒。只能我们在医院亲自喂，它看在我们面子上，勉强吃几口。哎，这猫本来就爱耍脾气，生了病更是挑挑剔剔，不乐意配合。

到了工作日，男友要上班，喂食白居易的责任自然又给了我。平日里我就怕它咬我，我手上的疤还在呢！现在却让我一个人掰开它的嘴，硬给它塞食物。

可是没办法。医生说不能让肠胃空着，只要没吐，让食物经口腔进食来维持身体，是最好的方法。比吊瓶输液或营养针之类的好。我便带本书到医院，守在白居易身边，一天喂三四次，也多观察与陪伴它。

白居易吃得少，只能少量多次。能持续摄入就是好事。我通常会舀一勺它最爱的罐头，攥住它的嘴，推开牙齿，硬喂一点儿。或者同样是掰开嘴巴，把一粒一粒的猫粮塞进喉咙，像有时塞驱虫药那样。

猫粮颗粒也许太干，不好吞咽，尤其对生病的猫来说。护士给出了主意，把猫粮兑上开水，泡发后吸到针筒里，掰开牙齿往里挤。喂水喝也是一样，也是用吸了水的针筒将水灌进嗓子眼。几勺、几毫升，我都会记下来发给医生。

每一天都会更新数据，每天都在跟进状况。两天半过去，白居易仍没有排便。医生说可能在新环境比较害怕。不过一直不排便，就不知道是干便还是稀便，不方便调整用药。好在至少没吐，说明病情还在控制之中。医生说再观察一天吧，不行就拍个片。

我对白居易仍抱有希望，是侥幸心理以外，更基于理性判断的希望。毕竟这次已经够及时了，很难发现得更早，如果再治不好，那这毒株岂不是要横扫？

很难想象流浪猫在外面的世界，过的是怎样的无防备的生活。猫瘟病毒的可怕程度，到底怎样才是极限？

我问医生："这次白居易能救活吗？"

医生仍旧没给我准确答复。哪怕情况良好，基于前几只猫的遭遇，医生也不敢下保证了吧？

医生只说："治愈的概率还是很高的，首先是别吐……"说到这儿，医生突然想起了什么，把眉头皱起来。他说另一个病房有只小猫，名叫闹闹，才几个月大，送来检查也是猫瘟。进院以后一直没吐，治疗了三天，情况也有好转。可昨天下午突然就吐了，吐完不到四分钟，就走了……

我自认为理性判断下的希望，似乎又被打破。在坚持之外，我重新倾向于侥幸，我仍需要一点点运气。这是至暗时刻，熬得住就能活下去。以往的经验都只能是参考，只要不是百分之百，就不能提前庆祝。

生存概率是抽象的，猫咪是具体的。对于具体的猫来说，只有继续往下走，要越过这个时刻，才能知道结果。

＊＊＊

2019年12月末，我们仍住在北京沙滩，尚未搬到积水潭，仅养了白居易一只猫。男友的写作与工作都有了点收获，他却没表现出开心。拥挤的生活，勉强还算是有序。与此同时，我们不知道的事情正开始发生。

2020年1月份，我们在新闻上看到疫情的消息。

那时，我刚参加完电影学院的研究生考试。考完从学校出来，我就与男友去吃火锅，很开心地给他讲剧本写作，说我如何写推销土豆。他听完脸色就变了，只是烫菜吃。

虽然没说什么话，但我知道这次又没戏了。距离过年还有几天，我就先回了东北老家。

男友要继续上班，临近春节才能放假，即使可以调休，也肯定比我走得晚。所以，干脆把票买在了除夕。

为了照顾白居易，我们基本都是错开时间离京，让猫单独在家的时间不超过四天。

我早就买了正月初三的返京车票，这样正好四天。我早走便早回，他可以晚走晚回。不过谁也没想到，会有疫情。

我们都在各自家里稍有不安地跨了年，与亲友一起。

跨完年，我想按原定时间返京。我妈让我别这么早回，再观察观察。可我想到了白居易，怕再晚些会更被动，万一想走都走不了。它独自在家中待了四日,我得早点见到才安心。

我记得返京的那天,本该拥挤的春运火车,只有我一个人坐在那节车厢里。

据此情况,男友也决定提前返回北京。

北京的房子里现在只有我与男友,还有白居易。隔壁还没人回来。这套拥挤的房子,从没有这么安静过。

只有我们三个,早早地在这里重聚,却有一点儿生疏感,有种不知身在何处的错觉。

到处都弥漫着特殊的空旷气息,我们得备些物资。我也让我妈备着点儿。她在东北老家,很多东西只能线下买,还不一定有货。我都想把北京的东西寄一些给爸妈。

我妈拒绝了。说我们人在北京,需要的东西会更多,春节期间也不方便寄。

我们只能为自己储备,比如方便面等,以备不时之需。

等到正月初十过去,街道开始规范化管理,一些地方设了测温通行点。

也就是这时,新的考研成绩出来了,我再一次无望电影学院。只能硬着头皮,出门参加建筑公司的面试。与老板一通面面相觑后,开始上下班的生活。

两人一猫,上班下班,我们就这样过了半个月。

与我们合租的室友,这才和女友一起回北京,不慌也不忙。他们要居家十四天，我们作为合租人，便只能配合。这期间就待在家里办公，与同事线上沟通，不用往返通勤了。

只是，十四天密闭空间的四人居住，让本就狭小的空间更加闭塞，身体和内心都透不过气。

卧室太小。白天时我趴在床上画图工作，男友趴在床上审校书稿。两个人腰酸、脖子疼，连很少抱怨的男友都有些受不了。极累，却听到隔壁传来了笑声。

我看了眼自己的图纸，想象他们在大卧室里的情形。他们有电视机，女人并不工作，俨然与我们活在两个世界里。

与我生活在两个世界的，还有随时打电话过来的老板，要沟通方案。

眼前缺少了共同的屏幕，原本几句话就能讲明白的图纸，我这不成器的建筑人，电话里半个小时也讲不通……

我们都要吃饭却不好点外卖，我们都要做饭，而厨房只有一个。到了吃饭的时间，室友总会先一步占领厨房。无论是中午还是晚上。我一边画图，一边闻着厨房传来的饭香。

能听到砧板上的切菜声，闻到在爆香佐料，我却只能吞咽口水。

有时午休时间过半，隔壁却仍占用着厨房。我们做午饭的时间不够了，毕竟午休才一个小时。往往吃完饭碗还没刷，老板就打来了电话。

我们只能在生活的间隙，手忙脚乱地进出厨房，准备午饭、晚饭。很难想象，隔壁男人和他的女友，竟然能生活得从容不迫。

有一次我原地加班到晚上9点，才原地收工。男友等到我下班，与我一起去狭窄的厨房做菜。室友这时抽着烟，推开了门，把脑袋探进厨房，笑着问我们："怎么不早点儿做饭呀？我都要睡了。"

就这样持续到了第十天。压抑、委屈，以及狂躁不停地出现。我与男友终于下决心，等到期满就搬离，租住新的地方。我们开始在手机上看房，打包行李。

我看中了一套房子，在积水潭，便联系中介。两室一厅的房子，次卧有一整面墙的衣柜。

有生意可做，中介当然高兴，但没想到她说了一句打动我的话。她说等到看房的时候，我们把衣柜"拉开来看看"！

我竟能拥有书桌之外的东西，我马上把那排衣柜视为新生活的象征。

我们看了房子，我们搬家。我们要继续生活。

我们住到了积水潭，住宅楼挨着一处牌楼。牌楼的一面写着"小西天"，另一面写着"太平盛世"。

慢慢地，进出小区不再需要纸质通行证。手机上出现各种小程序，扫码统计人流即可。影院也恢复了营业，人们戴着口罩有序观影。好似生活恢复了正常，变得更为规范、合理。

在逐渐向好的2020年末，我们却遇到了猫瘟。

我们此时仍不知道的是，在这之后，疫情还会反扑，胜利来得没那么快。等到白居易治愈后，去医院补打猫三联，乘坐出租车仍要扫码。接下来的春节，我与男友会留在北京过年。我们第一次一起过春节，在门外贴了春联。我们在生活的变化中生活，去接受生活的波动，那只是生活的常态。

* * *

我认识白居易是在2018年，那时我刚从云南毕业来到北京。夏天，我走在北京的大街上，北京高楼大厦耸立，到处是忙碌的人群。那时我觉得他们很厉害，都是"大忙人"，对自己的影视生涯也充满期待。

白居易才一岁多一点儿，没做绝育，看起来瘦瘦小小的，还有点儿怕陌生人。从我搬进来，它就待在客厅的衣柜里。衣柜底下有个航空箱，白居易会自己钻进去，自己把门关上。但卫生间的门得随时关，防止白居易进去掏下水道的盖子、喝马桶里的水。生活充满约束，都是规则，连猫都活得这么简陋且艰苦。平常白居易住在衣柜里，只有偶尔觉得安全时出来，在卧室门口探个脑袋窥视我。过了两三天，它才敢进卧室见我。

那时，我刚与男友在一起不久，想着两人租房更便宜，便搬来和男友同住。

男友说白居易是只有传奇色彩的猫，聪明又警惕。它居然喜欢吃草莓，一次能舔掉大半个。所以男友买草莓时，常会特意给它留。在我没住进来前，有次他的室友取完外卖，没关大门，白居易就跑了出去。还是冬天最冷的时候，在外面流浪了一个多月。

某天，它半夜3点钟找回了家，又是挠门，又是号叫。正好男友白天睡了一天，晚上睡不着，坐在客厅里读小说。刚准备到床上睡觉，听到挠门便去开了——是一只脏兮兮的小瘦猫。

本来洁白的长毛上裹了一层灰，又打绺又结块，从白猫变成了灰猫。它径直走进客厅，没有向男友问好，直奔食盆的位置。

男友怕白居易刚回家应激，让它适应了几天，然后给洗了澡。这才又变成一只美貌的白猫。我们没人知道它在外流浪的一个多月，到底经历了什么。但对于它能自己找回家这件事，都觉得像童话一样不真实。

刚毕业的这年夏天，我在北京郊区的影视公司做营销策划，通勤就耗费很多时间。新综艺开播前夕，更是要加班到后半夜才回家。有天我又忙到深夜，到家后只有白居易坐在门内迎接我。男友去参加聚会了，还没回家。整个客厅都黑漆漆、静悄悄的，只有微弱的光，从主卧那一大片磨砂玻璃透出来。我猜那是隔壁情侣的床头灯。我无从知晓他们是否睡了，便小声与白居易问好。也不敢开客厅灯，怕太亮吵到他们，径直穿过极短的门厅，蹑手蹑脚溜进了次卧。

我像在做贼，可分明是回到自己家中。工作上的疲倦、通勤的疲倦、应对这个拥挤的房子的疲倦，一同袭来。

男友的聚会刚结束，还在回家的路上，给我发了个报备信息。

北京的晚上仍有近三十度，光是走在路上我已出了一身汗，爬完楼梯，回到密闭的房间便更感闷热。我打开空调，把贴在皮肤上的衣服换下，好似蜕了层皮，把湿答答的衣服丢进脏衣篓。

我才工作不到两个月，刚毕业时的兴奋劲儿就已被消磨尽，对经济独立也失去了信心。想想十几年后，也许我还在这样朝九晚五地工作，每天都毫无生活地穿梭在地铁站里，我的汗出得更多了。我准备去冲个澡缓解心情。

此时白居易在卧室地上打滚，我猜是我回家让它有点儿开心。直到它"嗷呜嗷呜"叫起来，我才感觉有点儿不对劲。它不会是发情了吧？

我裹上一条浴巾、拿了衣物去洗澡，把卧室门虚掩起来，给白居易留了门缝。

可它没待在卧室，而是马上跟到了客厅。我进卫生间洗澡，猫怕水，它就坐在门口守着我。我透过门下部的百叶换气口，看到白居易在地上翻滚。

有猫陪伴，感到慰藉，我拧开了花洒冲澡。

过了一会儿，白居易突然大声叫嚷，我弯下腰隔着门看，发现它在一边滚一边叫。这是我第一次接触发情的猫，我不知道它的叫声会那样刺耳、凄厉。

"白居易，别叫了。"我想到隔壁可能睡了，便隔着门小声说。可怎么安慰都不管用，发情的猫是不受控制的。并且越说越烈，似乎叫得更响更难听了。

我盯着卫生间门下部的百叶换气口，想着赶紧洗完，把白居易抱回卧室。却突然看到隔壁大灯亮起，有什么人闯了出来，一阵开门带起的风响。我卫生间的门，也被他瞬间的那股风鼓动了一下。

我听见隔壁室友在客厅大骂……各种各样的脏话混入花洒的声音，断断续续袭来。

我赶紧关了花洒，想要听得更仔细。继而，听见猫砂盆掀翻的声音、猫砂散落的声音、摔椅子的声音、玻璃杯摔碎的声音……

我还听见一声闷响后，白居易的"哈"声。我猜他把白居易抱起来，摔在了地上。

我害怕极了，可又光着身子不能冲出去，只能不停敲击卫生间的门，大喊让他住手。

我像是《惊魂记》中洗澡时被杀的女孩般无助。

……一切声音都停止了，隔壁的门又重重关上。

我脸上的虚汗伴着水珠，身子没擦干就直接套了衣服。衣物都涩在我的皮肤上，我像把蜕过的皮又穿了回来。我胡乱拽了几下就冲出去。

白居易就斜躺在卫生间门口，离我一步的位置。整只猫软塌塌地，瘫在地上。它周围是散落的猫砂、玻璃碴，不远处倒扣着猫砂盆。桌子被撞斜了,椅子摔在一边。

白居易肚皮快速起伏,似乎想起身,却起不来,只是梗着脖子。眼睛瞪得大大的,很警惕,还没从暴力事件中缓过来。

我蹲下摸了摸白居易的头,它小声哼唧,像在诉说刚刚的可怕经历。尾巴与四只脚丝毫没有动弹,浑身僵硬地躺在地上。

我手足无措。我与白居易才认识不到两个月,不知如何去安慰一只害怕的猫,也不知此刻该把它抱起,还是让它继续瘫着。

我越来越紧张与恐惧,看见自己抚摸白居易的手颤抖着,才意识到全身都在抖。整个人猛地喘不上气。

我不能再蹲着了,赶紧扶着墙站起来。上一次提到嗓子眼儿的恐惧,还是五岁锁骨手术时。我都快忘记了。

再次用眼睛确定了一遍:白居易身上没有血,只是瘫在地上。我调整呼吸,尽最快速度回卧室,找到手机打电话。

手机也在跟着不停颤抖,男友的名字出现在屏幕上。

"怎么啦?"男友问我,他的声音还很雀跃。

我在听到声音的一瞬,嗓子眼像是堵住了,开始呜咽。半分钟后才说,白居易被室友摔在了地上,可能快死了……

我强压着嗓音,尽量克制地发泄恐惧。

男友询问了几句,得知没有出血后,松了一口气,告诉我情况可能还行。猫的身体结构让它不太怕摔,猫经常从高处落下。现在多半是吓到了,等他到家了看看。我说我怕隔壁室友，他便叫我下楼等他，让白居易自己缓缓就好。

我迟疑地挂掉电话。回到客厅，发现白居易已躺在了衣柜前。它想自己回到航空箱里。可它依旧保持侧瘫的姿势，估计是一点点挪过去的。

我又一次蹲下，准备伸出手帮帮它，或再安抚下它就走。可白居易已经不让我碰了。

它大声朝我"哈"了一声，嘴里的利齿根根分明，看起来既生气又害怕，拒绝我靠近。

怎么就不认识我了呢？我不解，在恐惧中又多了心酸。可能在它看来，我还不算是朋友吧？

我有些失落地站起身子，决定不刺激它了。至少身体的情况还可以。胡思乱想着，走下楼梯，走到小区的便利店门口，在台阶上坐下来。

男友还要五分钟才到，我穿着睡衣睡裤，感受北京夏日午夜的温度。身上还有没来得及擦拭的水分，还没蒸发，汗就闷出来了。身上的衣物刚要脱离身体表面，便又贴了回去。我像一条努力蠕动却停留在原地的虫，黏乎乎、臭烘烘的，分泌了很多汁液。

我看见隔壁的男人也下了楼，从我的身边经过。他走进便利店，买了盒烟出来，站到我的不远处。

"吓到你了吧？"他说，脸上云淡风轻。

我以为他要向我道歉，便点点头。可他什么话也没说，将脸背过去，朝黑夜里吐了一口白烟。

＊＊＊

我理解他被吵醒的愤怒，我也会愤怒，但不认同他对真实生命的行为。

噪声让人易怒，工作让人易怒，狭小的空间也会让人易怒。在搬到积水潭前隔离的那十四天，类似的愤怒也降临在了我男友身上。

只不过，他的泄愤对象是一块砧板。

同样，我也不认同他的泄愤行为。

屋子临解封前的某天夜里，凌晨两点，我与男友被一阵尖叫声吓醒。

是隔壁的女人，她在卫生间看到了红色的蚯蚓。我常见到那种"水蚯蚓"，也叫"红线虫"，老旧房子里总会出现，从水管后或瓷砖缝里冒出来。我们都已视而不见。

女人哭哭啼啼，任她男友怎么安慰也不停。她像个单纯的孩子，在卫生间大声喊道："红色的蚯蚓，是会吸人血的！"

我想，那条可怜的蚯蚓一定也奇怪吧，从不知道自己还吃荤。

隔壁的男人隔离时什么物资都没备，连口罩都很少，更别说杀虫的药剂。不过我们有84消毒液，虽然也很难治本，但稀释后使用，应该能让居住观感好一点儿。他们没有84消毒液，便在深夜拜托我男友帮忙。

男友手上还在处理事情，就说稍等，忙完了他会去的。也怕误伤到白居易，毕竟它喜欢掏下水道的盖子，就说了一下之前提过的，他们几乎不在意的注意事项：随手关卫生间的门。

隔壁男人说好的好的。不过大概等不及了，得快速抚慰女友的心灵，转头就找到了我们的消毒液，神勇地冲进卫生间，一顿消杀。

我听到一会儿是喷壶声，一会儿是拖把的声音，鼓捣了好一阵。

我怀疑他可能都没有进行稀释。但这不重要，重要的是，消杀后该注意的事也没遵守。

84消毒液使用后，得让消毒液停留一段时间，以产生效果，再用清水进行冲洗。停留期间无论对人还是对宠物的呼吸道、皮肤，都会产生不良影响，所以期间人宠都应回避。

我走出卧室观望，发现他已经消杀完了。但卫生间的门大敞着，连虚掩一下都没有。

白居易站在卫生间门口，似乎准备进去。我赶紧叫住。若是平常，哪怕卫生间门虚掩着，白居易也会自行打开进入。我们说了很多次，得把门关上。

白居易会用前爪掏下水道盖，如果它现在进去，爪子就会被灼伤，舔了爪子的舌头也会。

那客厅里白居易的猫粮与水呢，有没有被84消毒液喷上？待在卧室的我分辨不出。

事情发生得太快，刚才都没来得及把猫抱回来。明明说了等一会儿，明明说了注意事项。

我站在客厅，白居易差点儿中毒的后怕袭来。我想起有一次，我与男友出门了两天，回家后发现白居易常驻的衣柜被一堆杂物挡住，它还在里面呢，它都没有办法出来。那时我也感到后怕与愤怒：幸好是两天，如果再多几天，等我们回到家，白居易就要在柜子里饿死了，或窒息而死了……

这些事情历历在目，我赶忙抱紧眼前的白居易，任它挣扎也不放下，生怕消毒液被它舔进嘴里，生怕这个生命突然就没了。此时男友也来到了客厅。

男友本就为工作所烦，了解原委后，去隔壁敲门质问。隔壁女人却仍为水蚯蚓在哭泣。

聊了几句关上门后，我们听到他们在小声说话。因为我们怪他们总不关卫生间的门，隔壁女人就以有些娇怨的声音说："猫这么累赘，他们为啥不扔掉？"

我看到男友的脸色当即变了。他在冬天情绪本来就不好。我们回到卧室，男友把门摔得震天响，仿佛整栋楼都能听到。

像是想到了什么，停了几秒钟后，他又径直冲到了卫生间。我赶紧把猫往被子里一塞，让它躲起来。我打开了卧室门，站在客厅观察。

男友在卫生间进行消杀，只是动作很猛烈。按照隔壁的意思，重新喷洒、拖地。他都没戴个口罩，也不怕鼻子和眼睛被熏坏。他把用剩下的消毒液，倒了一半在卫生间下水道口、洗手池和马桶里,又把另一半倒进了厨房水槽。整个瓶子都倒空,甩到楼道里扔掉。男友进出卫生间与厨房几次,摔门的声音一次比一次响。像是回应隔壁刚才的话,或者质问他们为何不关门。

做完这些,男友又去厨房,拿起菜刀,对着砧板大力乱砍。这下连我都吓到了,又不敢劝阻。

我也躲回到卧室。躺在床上,脑袋好像在跟着砧板震动,头边垒起的书也在跟着震动。上一次白居易被摔时的恐惧再次袭来:我怕男友冲到对面杀人。

但他最生气的劲头好像过去了,频率变低,力道变小,只是仍持续着,没有彻底停下来。

那些声音在安静的夜晚回响。一下一下,扎在狭小的空间里,像用刀戳着自己,像会一直回响。

生活、工作、交际……我们全都濒临崩溃。

* * *

关于城市生活与人的关系,关于动物与责任,后来我与男友又聊起过。

那时我们即将离开北京,与隔壁室友、马彦,还有其他朋友聚了餐。结束后,男友给我讲了几个故事,我发现很多事情与我想的不同,我曾简单地认为,隔壁室友就是个有暴力倾向的人。

十几年前男友在南京读书,是他建议这位室友也来南京。于是他们成了上下届,还搬到同一个寝室住。后来室友先来北京,便拉男友也到北京落脚。

刚到北京时男友并不上班,而是躺在家里通宵玩手机游戏,也很少看书,生活得有点儿颓丧。他当时精神状态不好,暂时不想上班。但有一份兼职,每月拖到最后几天,才完成最低限额的工作量,换取生活费。此外,不少文学杂志向他约稿,照理稿费应该还可以。他一次构思了十几篇,却一篇都没写。他说,当时连打开文档都很难,欠缺生活的行动力。白居易在家里,过着几乎自助的生活。室友则每天朝九晚六,正常上下班。

男友说室友喜欢狗,不太喜欢猫,毕竟每个人的喜好不同。有天室友走在五四大街上,看到一条小狗,应该是刚走失。在原地等了会儿,也没等到主人,就带回了家。冬天与狗,总让人想到俄国文学,室友又喜欢陀思妥耶夫斯基,就给狗起名叫"陀陀"。

那是我住进去之前的事情,这套房子里曾经猫狗双全,室友也会救流浪动物,我真的难以想象。

据说小陀陀刚到家,就一头埋进白居易的食盆,把猫粮吃了个底儿朝天。白居易当即出来"哈"了它。因为狗不大,室友给狗买了个小狗笼,买了狗绳,有时带出去遛弯儿。

但养狗的问题马上显现。首先是叫得太响,据说除了正常的狗叫，还会发出狐狸般的尖锐号叫。有次男友下楼扔垃圾，发现在楼下听与在家里听，似乎分贝数毫无分别。他又走到小区门外听，发现还是能听清。

"从故宫出来的游客，也许都能听到。"男友是这样说的。

另外，北京的生活实在忙碌，养狗要投入精力。室友每天上下班就很累，回到家做了饭，还要再出门遛狗，很难每天坚持。而那时男友的状态很差，虽然不上班，也很难指望他去遛狗。所幸，白居易不太需要人管。

男友说有一次室友出差，让他喂狗，他一天才喂一次，兴许都没有。因为那时他日夜颠倒，打游戏打到早上8点，喝一杯水就闷头睡觉。他自己每天都未必有一顿。室友出差一礼拜，回来后笼子下都是狗屎。

这次的经历，加上别的一些原因，比如狗比猫吃得多，狗粮就花钱不少，人在城市过得已经很穷……多种困难叠加，最后他决定给狗找个领养。

这是城市生活与人、与动物的关系，生活的压力与阻碍本就不小，如何再承担一个生命呢？

当然，这也是责任的问题。

更早一点儿，十几年前他们一起在南京读书，就在寝室养过猫。

他们要做一场文学活动，与外地的朋友见面，去南京站接人。出了地铁站，路边有几只小奶猫，直接被细绳拴着脖子。

小猫绕来绕去地跑，感觉绳线快把彼此勒死了。旁边坐着也许是猫主人的人，摆着立牌，上面写道：半卖半送，五元一只。

男友觉得小猫很可怜，被线缠在一起很可怜，要被卖掉也很可怜。为什么不能自己继续养呢？不管是不是自养的猫，用这样的方式带出来，也不够负责。

男友说，那时把责任想得太过简单。他花了五块钱，把一只猫抱进怀里，是个奶牛狸花。

由于朋友还没到，他们就带着猫在玄武湖边走，坐到一旁休息。小猫一路奶叫，男友刚把它放到地面，它就往外冲了出去，一头扎进水里。小奶猫不知道哪边是岸，挣扎着越游越远。

男友的临场应变能力很差，可想而知他根本不知该怎么救。

是室友趴在岸上，用手把猫捞了上来。男友把湿猫继续抱进怀里，用衣服擦干。

后来猫就住在寝室里，他们叫它"猴子"。它的鼻子上有一块黑斑，生性调皮。同寝室还有个无锡同学，很喜欢猴子。他是一个死嗓乐队的主唱，平时听一些核音乐。他家里原本就有只加菲猫。

临毕业时，因为那时年代早，约车相对不那么方便，家里人也不太支持养宠物，男友就没把猴子带回宁波。那位无锡同学把猴子带回了家。他说他家的加菲猫掉毛严重，只能吃贵一点儿的猫粮，以缓解掉毛。猴子去了以后也跟着吃贵的猫粮。

而他们在寝室里喂的粮，才五块钱一斤，用编织袋装的。

男友说，责任最简单的时候，就是旁观的时候。看到卖猫的人这样卖猫，想到的就是失职。而真正参与进去，让你也真正承担责任时，责任就不那么简单了。

在玄武湖捞猫的事情，是当头一棒。前几分钟还在心里批判他人，置身事外。以为花钱买下猫，责任感得到虚荣的满足，就是全部的付出了。真的有事发生，却连伸手捞猫都做不到。毕业后猫的归属问题，也是一样的，想到要运猫，要与家里人博弈，就失去了直面责任的勇气。

我更关心的，或更困惑的是，这个救助流浪狗、在湖边救猫的人，与将白居易狠狠摔在地上的人，竟然是同一个。我从没这么割裂地想过。

在那次告别聚餐中我得知，他主导着一个漫画项目，已做到上亿的阅读量了。后来，等我们离开了北京，他与女友很快也离开了。生活继续，我们都有各自的人生。

* * *

在与隔壁一起隔离的十四天满后，我与男友终于要搬离那里，开始独自生活。

这是我在北京第一次整租，我们搬去了积水潭。戴着口罩在两处社区登记搬家。房子在一处牌楼旁边，我们搬家时就把书堆在牌楼下。我拥有了超大的卧室，拥有冰箱、电视机，还有能晾衣服的阳台！不但能晾衣服，还能种菜，能种其他各种植物。这简直难以置信。我听从中介的建议，把次卧的一整排衣柜拉开来。虽然是很浅的一排衣柜，我却分外满意。

我觉得未来所有开心的故事，都将会在积水潭发生。我充满希望。

我们搬家是皆大欢喜的事情。沙滩那儿的卫生间，终于获得了开门的自由。客厅也马上变得敞亮，那套房子从没这么干净过。我们的房间转给了一位诗人朋友。隔壁女人应该很高兴，在家里到处都贴上了卡通贴纸，以表达心情。我则收拾出一个陌生的盒子，盒子里是男友帮我储存的猫胡须，白居易的硬胡子。

据说，燃烧猫胡须可以许愿，他便一直留着。我只在考研时用过一次，但考研仍旧失败了。这里面还剩两根，我暂时也想不出什么愿望，也不知下次的愿望是否会实现，便又把它们收好，放进了新家的抽屉，说不定以后会用到。

春末的深夜，积水潭家楼下的猫开始叫春、打架，声音很大，大到最顶层都可能会听到。也是那时，我去接来了黑格尔、凡·高。我们家有了三只猫，它们时常会跳上窗口，蹲着，偷听楼下流浪猫的小秘密。

有天我刚刚睡醒，发现小黑对着一张我从未见过的纸撕咬，似乎是从门缝塞进来的传单。是张大公司的彩色传单，上面写着"宠物保险"几个大字。顾名思义，是为宠物上医疗险。上面说，新用户赠送一个月试用险。出于好奇，我便对着传单操作起来，给家里的三只都上传了信息。

后面要续费时，我还与男友商量了。可是家养的猫能有什么大病呢？我们想。便把这事搁在脑后了。

秋天刚到的时候，楼下那只叫春的流浪猫生小崽了。路过停车场时我看见了，是一只玳瑁猫，还有它的四只小黑崽。猫妈妈很凶，我一次都没能接近过，只能趁猫妈妈不在时，隔得很远叫几声小猫。它们会盯着我看一会儿，当我想往前一步的时候，立马逃走。

国庆长假，我与男友去了天津旅行。去天津，也是怕疫情反扑，又赶上家中两只猫比较小，没敢去太远的地方。男友是不爱旅行的人，这次也愿意出去三四天。

回来的时候，看到楼下贴了告示，上面用浓黑的楷体写着：禁止在楼道与天井里投喂流浪猫，会滋生跳蚤；所有投喂，都请在室外进行。

到家后，家里一只猫都没有。窗户也都是走前的样子，不可能坠到楼下。会在哪儿呢？我们不停在屋里叫着名字，十分钟过去，黑格尔最先从书架顶上跳到床上，叫嚷着："咩——欸欸。"

它撒娇的声音吵得要命，四条腿着地的时候，声音也跟着一震，仿佛唱歌的绵羊。

黑格尔跑到我们面前,它看起来比三四天前圆了一圈,像一只黑色的小熊。好壮的猫!怎么人不在家它就胖成这样?它伸高了脑袋求抚摸,如果不摸,它就要叫;摸到一半停了,它也要叫。

其他的猫还没出现。我们把被子掀开,看见白居易睡得迷迷糊糊的,瞥了我们一眼。它不慌不忙站起身,甩甩头,又伸了个懒腰。一点儿欢迎的样子也没有,就坐在床上,十分蔑视地看着面前不停撒娇的黑格尔。

"凡·高!"我们开始在屋里喊,这只猫适应得比较慢,和我们还没太亲,不知躲在哪里。

我看到书架最顶上的空隙里,探出一个猫猫头。是凡·高,它谨慎地看着我们,像是刚到我们家一周时的样子。待确定是我们后才站起身,一步一步跳下来,慢腾腾的,没有多欢迎,也没有问候,直接坐到了猫砂盆里。

那时猫砂盆已经快被屎"炸掉"了。出门的几天,为了猫咪上厕所舒服,我们提前倒了加倍量的猫砂。可两个猫砂盆里的粪便还是肉眼可见,地上也有不少散落的猫砂,以及一块干了的屎。可能是不小心踹出来的吧?

凡·高当着我们的面拉了几坨屎,像往常一样,把前爪伸到盆外面,对着地板埋起来。它以为那儿也有猫砂。

凡·高还是不会埋猫砂。家里最会埋也最仔细的,是白居易。白居易能埋得一点儿不露,埋完以后,会确认一遍,再补上浅浅一层。凡·高是最不会埋的,埋了半天,屎仍旧光溜溜地躺在猫砂上。臭得我与男友哀号半天，但又都大声笑了起来。

"别埋了别埋了。"男友说，赶紧去把猫屎铲掉。怕等会儿还没干，就被黑格尔踩上一脚。

国庆长假以后，凡·高越来越亲人，逐渐敞开了心扉，把我们当成家人。

黑格尔越来越肆无忌惮，越来越小孩子脾气。可它体型上，已是半大不小的猫了。我们原本以为凡·高会是家里最壮的猫咪，现在黑格尔却比凡·高重了。这只最年幼的猫咪，成了屋子里最胖的猫。但它摸起来很软，不及凡·高有力。

男友说，一定是凡·高让着它，自己却吃得少，所以比黑格尔瘦了。有一点儿道理！

虽然对于我们的猫，猫粮是不限量供应的。

原本还挺大的积水潭卧室，被堆了书的货架占掉一半，也算不上有多大了。现在，另一半又被猫占领。猫爬架、猫窝、猫抓板，还有散落在地的各种猫玩具。人类的正常空间越来越小。

这两只小猫土土的，给它们买的相对较贵的玩具理都不理，只挑最便宜的玩。比如掉落在地的瓶盖、随手一攥的纸团……九块九一支的激光笔射出的小红点。

我们尽量避开它们的眼睛，以免照伤。其余任何地方，我们把红点指在哪里，黑格尔与凡·高便跟着红点跑到哪里，蠢兮兮的。很多猫都愿意这样上当。

只有白居易爱搭不理，它太聪明了，知道红点是从我手中的东西里射出的，顶多打一巴掌我摇晃的手。

我们报复白居易，把红点照射到它屁股上，引那两只来攻击。

凡·高与黑格尔还在追着红点奔跑，也不嫌累。当它们意识到红点是在白居易身上时，已经只差一两步了。

凡·高赶紧刹车，虽说有些惯性，但它宁可让自己滑出半米撞到床边，也不愿自己找打去惹白居易。

只有黑格尔傻傻的，扑到白居易身上，对着它屁股上的红点一顿狂揍。白居易气得站起身，心想是谁这样放肆，立马与黑格尔展开决斗。果然是黑白双煞。

打到激烈处，凡·高会往跟前凑一凑，估计是想劝架。但是它也害怕，只好在距离那两只半米处叫一声："喵呜！"凡·高的声音真好听。

男友猜它一定在说"你们别打了！"。可没有猫理凡·高，战况仍旧激烈。黑白两只猫，已经在自己的世界里了。凡·高偏着脑袋看，好似在努力思索，然后跑去自己的猫窝里趴着了。

在我的记忆中，凡·高是家里最听话的猫。我有一个云南的瓦猫摆件，学建筑的时候老师送我的。瓦猫的后脚摔碎了，我一直记得是小黑干的。回看当年与男友的聊天记录，才发现是凡·高跳上了书桌，沿着桌上书架走，一边走书就一边掉。它噼里啪啦弄倒了书，弄掉了颜料盒，也摔碎了我的瓦猫和玻璃杯。我让它别走了，快下来，它还是坚持往前挤，继续把东西弄掉。当时我说凡·高有着"可恶的执着"，现在来看，执着正是它的可爱之处。

过去的事情本已确定，但每次回忆，仍能发现超出我预期的层次。我发现，过去远比想象中丰满。我应更尊重过去的事情，尊重过去的人与猫咪的形象。

关于未来也是如此。我想起自己看过的一张X、Y轴图，调侃与划分影评人的生活质量。在生活质量的最高处，写的是"养猫"。我心想："哇哦！"

2020年的下半年，我有三只猫，虽然算不上专业的影评人，却也写过几篇影评。勉强是图里生活质量最高的人了吧？我开始认定未来，认定一种未来。我开始写作，开始更爱自己的生活。我以为未来能被几个词轻易定义，比如：高质量、梦幻、光明。

可是这样的生活不存在，单纯的生活、无波澜的生活不存在。生活永远是复杂的。

我像刚坐上泰坦尼克号的乘客，憧憬船上的与到岸后的美好生活。似乎一切都充满希望。我站在船的甲板上，海风吹乱我的头发。海水的气味好咸，眼前的空气模糊。我听到一声巨轮的鸣笛，好似要将天空撕成两半。

泰坦尼克号起航了,带着我想象中的欢笑,驶向没有固定形状的、我至今未知的未来。

* * *

2019年夏天,因白居易发情吵闹,被隔壁男人摔到地上,我们约了上门绝育。

猫咪绝育以后,通常会戴伊丽莎白圈。就是一圈塑料脖套,防止猫舔破伤口。可白居易戴不了,它知道怎么弄掉,还越来越熟练,一戴上就自己蹬下来。只好坚持让它穿着当天的手术服,维持了半个多月。

那时白居易肚皮上开了个小口,刀口上缝了几针,先涂上一层碘伏,又叠了两块纱布,最后再用手术服包裹住肚皮。所谓的手术服,就是一块简单的布料。两边划上几道,割成鱼骨的样子,便可以用中间兜住肚皮,后背将鱼骨布条打几个结。那段时间,白居易的毛就在手术服的内外窜进窜出,如同被吓得竖起,整个猫像一只小恐龙。

猫不喜欢后背有东西,不喜欢穿衣服。一开始,白居易行动不便,连走路都是退着走。它以为这样能把身上的手术服脱下来。后来慢慢习惯了,但睡觉还是很僵硬,半坐半趴着,一碰就倒。

对猫来说,穿手术服像穿了束腰。过了一周,它才能正常趴着。

以前白居易晚上都是在客厅衣柜里睡的，晚上我们睡前，会把它抱过去放进航空箱里。有时白天它不愿在外面待着，也会自己打开柜门，钻进航空箱睡觉。绝育后为了照顾它，我们就让它在卧室，和我们一起睡。睡前抱它去猫砂盆里，先上个厕所。它有时趴在我们枕头上，有时趴在我们身上，从未尿过床。

后来等到脱了手术服，它便不愿再去客厅睡觉了，死命地赖在卧室里。它发现卧室更安全，更好，便要进一步占有。趁我们熟睡，猛地跳到我们身上；在清晨大声叫，挠门，要去客厅玩……与我们越来越平等，是家庭的一员了。

白居易的手术服拆去没几天，有一只蚊子飞进屋里。蚊子"嗡嗡嗡"的，不停在我周围晃悠。

我生平最讨厌的就是蚊子了，总是半夜被它们吵醒，气得我在空中连拍几个巴掌。蚊子没打到，倒是把白居易吓得拱起了背，背上的毛全部竖起来。

后来我见蚊子停在天花板上，便从床上站起身来，抬起手一个猛跳，把那蚊子拍扁。

我对这套操作非常得意，为消灭蚊子而开心。打蚊子的声音很大，我弹跳的声音也很大。白居易瞬间吓得逃下床，躲在椅子下，眼睛直勾勾地盯着我。

我笑起来，指着白居易对男友说，可把这只猫吓坏了，不敢上床了。我还没意识到事情的严重性，直到十多分钟后。

我侧身躺在床上看书，一回头看见白居易静悄悄地，躲在我身后。它眯着眼睛看向我的脑袋，盯着我，像是要暗杀我。我吓了一跳，连忙转了个身，变成仰躺。还把被子往上扯了扯，不敢再看它，生怕它偷袭我。

白居易停顿了几秒钟，慢悠悠地爬了上来，站到我肚皮的位置，不知在思考什么。

接着，我听到了水声。哪儿来的水呢？白居易开始高频率地甩腿，水珠四溅。

"白居易尿床了！"男友回头看了眼，大喊一声，立马把它赶下床。

我连忙坐起来，可一大片被子已经湿了，尿液在被子上形成几个小池塘……它刚在客厅上过厕所，才没多久！

我们只有这样一床被子，趁隔壁还没有睡，赶紧把被子、被罩扔进客厅洗衣机里。洗完后，拿到小区院子里晾着。院子里有根铁丝，正好没人用，要是那天运气不好，就只能晒在灌木丛上了。

那晚，我们只能盖衣服睡，睡一会儿就被冻醒。秋初已经转凉了，空调又太老旧，开制热模式会有煳味。我们只能翻箱倒柜，把冬天的大衣也找出来取暖。

白居易一定是在报复我，很明显它是有预谋的、故意的！据男友说，猫可以很久不上厕所，当初他约车带白居易从南京到北京，一路近二十个小时，白居易都没上过厕所。到了沙滩的新家，没适应新环境，也是过了一天才敢上。

我想，它一定是把绝育生的气，还有刚刚的惊吓一起报复给我了。绝育可不是我的错，但我被它找到了报复的机会。这只坏坏的白猫！

要是让我用一个词来形容它，一定不会是"可爱"之类的，而是"阴险狡诈"。

我记得自己骂骂咧咧和男友吐槽，心里却单纯地以为，这件事这样就算报复完了。

可在这之后，白居易又尿了五六次床。猫咪怎么能这么记仇呢？

倦了，人斗不过猫，我们只能憋屈地买几床被子备着。毕竟这个家的主人，已经是白居易了。它阴险狡诈，又凶一切，我也是敢怒不敢言，怕它报复得更凶。

有时与它正常玩耍，它的爪子会不小心钩住我的袖子。这下好了，我怎样挣脱都不对，它会以为我的袖子在攻击它。我挣脱一下，它就打我一下。能不能心平气和地，让我扶住它的前爪，把趾甲与袖子分开呢？这只是假设罢了，白居易才不会让我攥住它的爪子呢。如果攥住，我的手上就会多几个深深的牙印。

或者是其他时候，白居易从我的身边经过，我身上恰好起了静电，"啪"一下电到它了，它也会对我展开报复。哪怕我只是在走路，它也要扑过来，抱住我的小腿猛踹……莫名其妙！

后来我学了些讨好猫的方式，比如见面的时候碰它的鼻子、摸下巴、搓耳朵、抚摸、聊天，以此增进友谊，建立信任，用猫的方式保持礼貌。但这些对白居易来说，一概没用。只要我伸出手，它一秒钟内就会咬住我的手，表示厌烦。哪怕偶尔舒服了，也会觉得这些理所应当，且越来越这样觉得了。

我想起在积水潭，黑格尔与凡·高刚到的时候，白居易曾把我的右手咬伤，至今伤疤都十分明显。

当时它的上牙嵌进我的手背，下牙嵌进手掌的大鱼际。大约上下都有五毫米那么深。它还用牙撬动了这块肉，把我这个区域的肉掀开，只剩一半的筋皮连接。

我的血流了一地，赶去医院挂了急诊。问理由时医生也很震惊，说家猫不会这样。

检查说我的软组织损伤。打了一针破伤风、八针免疫球蛋白，分批注射五针狂犬疫苗……

我手腕与拇指下的大鱼际这一带，消毒后被绑上了纱布，去医院换药就换了近两个月。第一个月时，我的手甚至没法转动。我当时只能吃男友做的菜，或现成的外卖，还是勺子能舀起来的那些。我只能用左手拿勺子吃，右手尴尬地摆在一边。也有好消息，男友做菜的水平略有提升，可能是看我受伤，所以做得比较认真。

将近两个月，我的右手没能沾水，只能简单擦擦表面。从第三周起，这不能沾水的、时常被碘伏消毒的右手指缝间，传出一种腐烂后的恶臭。我怀疑自己的手指生蛆了。

我只能忍耐。在某些时候，白居易还会在我裹了纱布的伤口上二次袭击……

这只超凶的长毛狮子猫，真是生命力旺盛的小狮子。

* * *

哪怕检测出猫瘟，白居易依旧很凶猛。给它前肢抽血送检时，那位忧郁的男护士根本抱不住它，用了保定袋也不行。男友只好上去帮忙，和另一位护士一起，三个人配合抽血。猫叫声响彻了整个医院。

男友穿着大衣跪在地上，抚摸白居易说："别动，别动，生病要节省力气。"

那位男护士的头像就是猫，他家里也有两只猫。我看到他手臂上，有猫狗抓伤的痕迹。

接下来的几天，给白居易打点滴也是苦差事。扎针已经很困难，它还经常把针头弄掉，很难让人省心。

* * *

不可避免地，我想到了关于死亡的话题。死亡，似乎是公平、纯粹的，至少当作结局来看是如此。

我们窗外那棵巨大的海棠树会死，我们的亲人都会死，我们也会死。若我继续做建筑设计，那些看似屹立不倒的建筑，三十年、五十年，或者稍微再久一点儿，也会变成一片废墟。

生命是流动的，有其周期，应该正视这个周期。死亡是生活中被回避的常态，总被忽略，却也要试着接受。或者说，不得不接受。

上中学时读沈从文的小说，里面的老船夫，当自己健在时就说，自己将躺在土地上喂蛆。但活着的人不应辜负日头。他对死亡的态度很达观。

男友有一个树脂做的骷髅，我刚到北京时，骷髅被摆在床头的打印机上，把我吓了一跳。

据说古代欧洲画家常这么做，把骷髅摆在桌上，以提醒自己生命易逝。美术史上常有死亡题材的画，昭示人的必死，死神永远胜利。尤其中世纪的作品。

就连画家凡·高，都画过叼着烟的骷髅。

而画家弗里达·卡罗所在的墨西哥，有个重要节日"亡灵节"，这是一个氛围欢乐的节日。他们认为，生与死是并行不悖的，死亡不可怕，而是照出了生命的意义。

十八岁以前，我一直生活在东北，在那里出生、长大。直到考上大学，才离开去昆明读书。我最初接触死亡，都是在东北童年的时候。

小的时候因为胖，总是被人开玩笑。有个分明和我一样胖的小男孩，凑近我对我说："你像饮马河的熊瞎子。"

"啥？"我表示不解。等我明白过来，就把他告了老师。

班上同样总被开玩笑的，还有个矮瘦的男孩，脸色蜡白，被人叫成"小撮把子"。

他的体形和我形成明显的对比，和我一样倒霉。

据说他又瘦又小，是因为出生时营养不良，就长定型了。他曾有个双胞胎哥哥，出生没几天夭折，他这个弟弟却活了下来。双胞胎的夭折率很高。

这个说法让我震惊，我感到很恐怖。对童年时的我来说，我以为死亡很远，没想到会那么近。

有个与自己相似的人去世了，自己却继续活着，这是什么样的感觉？

一天晚上开家长会，他的爸爸来了，我就偷摸观察他爸爸，看是个什么样的人。发现很正常，就是一个正常的人。

家长会结束后，我恰好走在他们后面。他们聊到不知什么，突然就都笑了起来。

我吓了一大跳。后来明白，这就是活下来的感觉，活下来，就是继续生活。难道活下来的人，要一直活在死亡标签下吗？

小时候还有一些死亡记忆，比如附近有人去世，地上就会冒出一顶蓝色帐篷。帐篷里会摆好花圈、坐垫，当然还有逝者的黑白照片。

头几天的时候，帐篷里还会有吹唢呐、敲锣的人。他们坐在帐篷里，毫无感情，但又看似很悲伤、卖力地演奏几天。

我会在帐篷外面偷看，母亲说别鬼头鬼脑往里瞅。其实我只是好奇，并不是不尊重，而是难以理解这些。

六年级的一次放学，母亲像往常一样来接我，她说隔壁三楼的爷爷走了。

往家里走，那熟悉且刺耳的唢呐声，离老远都能听见。迎面走来一对母女，与我们擦肩而过。女孩看起来四五岁的样子，是比我小的小女孩。她牵着她妈妈的手，跟着唢呐演绎出的丧乐，蹦蹦跳跳。

"妈妈，真好听！"小女孩开心地说……

我与母亲对视了一眼，谁都没有说话。当时我认为自己长大了。明明是一首哭丧的曲子，小孩子居然会觉得好听。在死亡面前，似乎有种说不出的讽刺。

后来回想起来，我却开始羡慕那个女孩，她用童心直面了生死的转换。越来越大的我，似乎很难找到这样的感觉，要不停学习这样的感觉。

在承认死亡、尊重死亡之后，能够不被它遮住，保持初心地活着。

* * *

现在，我拿到了三只去世猫咪的骨灰。它们被分装在三个深色纸袋里，纸袋又分别装在了不同的瓷罐中。瓷罐和拳头一样大，一个手掌就能握住。

实在太小了。我知道洗澡后的猫很小，因为蓬松的毛塌在了身上。可失去血肉后它们更小了。

原来它们可以那么轻，那么小。

我打开卡罗的袋子，想送给它一件礼物。可它会喜欢什么呢？我还没了解它的喜好，它就不在了。

我想起自己和它玩过逗猫棒，在它没生病时，它是爱玩的。我取下逗猫棒上的铃铛，放进卡罗的骨灰中。

下一个打开的袋子，是黑格尔的。我恨不得把整个屋子装进去，它喜欢屋里的一切。

思前想后，我还是撕下一张便利贴，攥成纸团，送给了黑格尔。我觉得这是它短短半年里最爱的玩具。

准备盖上盖子时，我假装不经意往里面望了一眼。我不敢看死去的黑格尔，但我还是看了。黑格尔的骨头是灰白色的，虽然已经破碎，仍能看出是只未成年的小猫。

难以想象，这只黑乎乎的小猫，就这样安静地被关在这里，以后只能待在这密闭的罐子里。它那么喜欢自由。换到平常，要是我把它关这么久，不知会叫得多大声吧？

男友问我要不要和黑格尔说句话。我说不要了吧，我怕我哭。男友又问我："那你喜欢小黑吗？"

"喜欢……"话一出口眼泪就流下来，声音跟着哽咽。

我看到男友眼里也在闪烁。那时我正把袋子封上，不知道黑格尔有没有听到。我果然最喜欢淘气的小黑。

等到凡·高的袋子打开，我仍有种错觉，似乎在触摸真实的它。在它去世后，我抚摸了它，触碰到了它。而其他两只猫，我没有过这样的体验。

至今我都记得，手指触碰它的绒毛时，感受到的特殊的消融感，是越过生死界限的消融感。

送给凡·高的玩具，自然是它最喜欢的老鼠。我特意买了全新的同款。

合上袋子的时候，我已经哭得不成样了，仍对里面说了一句："下次一定要多吃啊，不要再谦让了。"

此外我还想，下次早一点儿遇到吧。这样在你很小的时候，我们就能变得亲切。

我们在网上委托别人帮我们烧纸，买了很多纸质的玩具、猫粮、零食、猫砂……

烧纸的日子是小黑的头七。我们把重任交给了黑格尔，让它带着这些东西上路。先停在原地，稍等一下哥哥凡·高，再一并跑起来，带给姐姐卡罗。

我们居然让最贪玩的黑格尔带东西。它会不会自己偷吃完？男友问我。

我不知道。可能此刻它已是只懂事的猫了……

可我又想到，万一我们搬家了怎么办？我们肯定会搬家的，我们马上会搬家。在烧的纸上，我们只能填现在的住处。那么以后，它们会找到我们的新家吗？也有可能，猫本来就是自由的，不应被我们所拘束。

把三只猫事后的一切处理完,我瘫坐在沙发上,闻着满屋的紫外线味。紫外线闻起来是白色的,干净如白色,白色如冰块。屋里从没这样干净整洁过。

突如其来的空虚感,飘荡在积水潭的房间里,让我感觉既忧伤又解脱。我记起老年的罗丝,再次来到北大西洋上,她站在甲板的围栏处,向海洋里丢下"海洋之心"。

但我也要记得,那时,她已经活了一百岁。我还没活到那个时候,远远没有活到。

我会作为活下来的人,努力活下去的。

* * *

三花猫卡罗刚去世时,有人安慰我说,卡罗是去了"喵星"。他还描绘了那边的生活,像是他去过一样。

这是养猫的人常有的说法。一开始,我觉得这又温情又有些滑稽,理解成是感情寄托的手段。

可慢慢地,经历了一次次死亡后,喵星在我脑子里变得越发清晰。我不知不觉走入其中。

类似于墨西哥的亡灵节,也许并非迷信,只是置身其中后必要的达观。

我想喵星如果真的存在,应该是人类识别不出的一个星球。或者,更近一点儿,也许就在地球上方,在云朵顶上。

它可能是座极高的建筑,像神话故事里的宝塔一样。只不过喵星的塔更可爱、更毛茸茸,它是有温度的。

那些猫本来就爱跑跑跳跳,在云彩上蹦来蹦去,像在弹簧床上玩耍。它们追着太阳照射出的光线奔跑,捕捉每一个光点。云彩上还有镜面般的湖水,被太阳照得发亮。偶尔一阵浓雾经过,或有鱼跃起激起水珠,猫咪便像洗过澡一样湿漉漉的,认真地坐在地上梳理毛发。

这之中有喜欢捣乱的猫,趁别人刚要舔干净时,伸爪子把它按进水坑。白猫变成了三花,三花变成了黑猫……

玩累了,它们回到自己的房间,也就是那座塔的各个小房间里。

说不定黑格尔与凡·高还住在一间,凡·高又在受黑格尔欺负呢!至于卡罗,应该不会想和这两只傻猫在一起,它兴许找到了自己流浪时的伙伴。

在喵星的,我想更多的会是生前在路边流浪的猫。也许一场简单的病就去世了,也许一次不起眼的车祸,也许因为降温或暴雨……它们不会自己去看病。

而抛开虐猫人的家或脏乱的猫舍,其他在人类居住环境中的家猫,吃得饱饱的,身上暖暖的,生了病在救治上理应也有更大的优势。

或许一道家门,就像卡夫卡笔下的"法的门",将家猫与流浪猫分割开,把穷猫与富猫分割开;一道医院的门,把有救治希望的猫与放弃治疗的猫分割开……最后,一切人与猫都被生死分割开，我们都会有线段的终点。

原只是由人类意识去构想喵星，没想到更多人类社会的想法涌入，此刻投射在了猫咪身上。

＊＊＊

诗人昌耀在《意义空白》中写道："有一天你发现语言一经说出无异于自设陷阱。"

我写下了《救猫咪》，我愿进入这样的陷阱。

开始我以为，我只是为自己的猫进入陷阱，把这本书写给自己的猫。写到中途，我发现这本书也写给世上其他的猫。在自我纾解之外，在纪念之外，写作《救猫咪》的现实意义，可能是：让他人引以为戒。

并非给出或此或彼的结论，而是用足够的长度，用一定的信息，给人以参考。只要这样的写作与阅读，能救一只猫，就是有意义的。

这本书写给可能需要此书的猫咪。

在写作之前，我读过很多猫咪相关的书（黑格尔把朋友送的一本猫书，啃掉了一角）。我为书中活泼灵动的猫咪开心、难过。可合上书，看一下出版时间，大都是很多年前。家猫的寿命，一般在十二岁到十五岁。两岁以后，猫的一年相当于人的四年。

现实生活中的这些猫，恐怕已经老去了吧？也许写作与出版的过程中，猫就很老了。

这世间唯一真正在乎它们的，可能只有作者。读者无法通过文字抚摸猫咪。

当我成为作者时，我也无法做得更好，难以超越这客观规律。在救猫咪事件中无能的我，在作为作者时，依旧能力有限。猫的生命本就非常有限，写作能带给读者的也是有限的。文字能提供的"真实感"太少，很难真正消融虚与实的界限。

可我仍旧希望，这些平行于真实世界的文字，能以最简单、直接的方式，介入真实世界。超出于我们家具体的猫咪，超越有限，变成一种广泛的经验……朝着未来流淌、渗透，哪怕一点点。

让这部自叙小说，变成某种意义上的警戒书。

我知道这并不容易，经验已被总结过太多次，我在为其增加效果未知的一笔。当经验还未能用上的时候，人很难主动去汲取。何况日常生活中，我们习惯回避死亡。

普通人的生活只要日常经验。普通人如何应对非常态的情况，是个陌生的、看似不必要的课题。

很多养猫几年的人也许像我们一样，在医学逐渐发达的今天，以为猫瘟是治愈率很高的疾病，只要打过疫苗就不会被传染。或者觉得猫不出门，就心存侥幸，还有干脆不重视疫苗的。特别是现在，所谓信息发达的时代，网上有太多治愈的攻略。在家吃抗生素，甚至喝葡萄糖水就好的病例，不计其数。下面总会跟上几十页的回帖，向楼主请教。殊不知信息繁杂，不代表有效，太多人活在幸存者偏差之中。我恰是为未幸存者写几句话。

对已经得病的猫咪来说，时间是最重要的，病情描述的确切与否也很重要。猫咪日常应做好提前防治，也就是打疫苗，这是最好的预防办法。打过疫苗也不代表百毒不侵，作为铲屎官不能掉以轻心。

相较于许多人对猫瘟的印象，真实数据正好相反。猫瘟的死亡率极高，幼猫患病的死亡率，高达90%。作为猫界第一大传染病，它的病毒也在疯狂变异，毒株也许越来越厉害，也可能变弱了，得有实时研究去证明。

至少，我们遇到了相当厉害的毒株。

救猫咪事件后的春节，西西在花鸟市场买了一只小猫。据我所知，那种市场有很多"星期猫""一周猫"。上一秒她还在问我要给猫咪置办什么，下一秒，那只小猫开始呕吐。我感到强烈的不安，建议她带去医院看看。

可那是西西的猫，我能做的只是提建议。

猫经常会呕吐，不一定是生病，我没办法隔了几千公里判断。更何况我也不是医生。

万一真是吃伤食了，或到了新家太紧张呢？

或者,是我经历了那些事后,太过敏感。

西西与我说,昆明宠物医院少,周围的几家都已关门,明天一早就去医院。

可第二天一早,西西给我发消息:小猫去世了。

还是猫瘟。因为太小了,吐了一晚后,虽然送到了医院,但还没来得及抢救就去世了。西西说她再也不敢养猫了。但若我在市场看到小猫,明知有风险,也不一定能忍住不买。人的理性与感情是很复杂的。

同样是这年春节,林熙在老家路上遇见一个猫贩子,她看不惯小猫那么小在寒风里吹,便买了下来。

林熙的新猫还没抱上两小时就吐了。小猫第一次吐时,林熙就带去医院及时抢救,是猫瘟。林熙更清楚我们的事情,也更有养猫经验。当时她还给我打了电话,问我猫咪的救活率。我说很低。幸好她是在老家,家中没有其他的猫。不幸的是,两天后,小猫去世。

她把小猫埋在了老家院子里。

养猫要忍受与注意的还有很多,比如猫咪怪叫、吃塑料、打碎东西……过于厉害的病症,是难以抵挡的,但很多事情是可为的,可以做到的,可以克服的。

我还有一位朋友,家中也有六七只猫,听起来他很会养,可他却一直没有封纱窗。有天他难过地给我打来电话,说一只猫掉到楼下摔死了,骨折,内脏大出血。五楼。猫没有想象中那么耐摔。那时他情绪很激动，我就没敢质问他为何不安纱窗。他和我说，家中曾有只猫掉下去没事，他便觉得都不会有事。听到这儿，我语塞了。既然有一只猫掉下去过，为什么还不封呢？

这不是难以预测的传染病，你分明有足够的机会，也有大把的时间足够保护你的猫。

哲学家黑格尔说："猫头鹰在黄昏起飞。"意思是，哲学总是姗姗来迟，事情发生后才总结出来。我们总是经历了死亡才总结出经验。我们生在死亡之后。

其实作为反思的哲学猫头鹰，一直都在那儿，不应让它等到事情的黄昏。我知道这很难，我愿试着克服认知的惰性。

* * *

2020年，12月9日，白居易出院了。

一大早，我与男友就提着新买的航空箱，去接白居易。

白居易很开心，一见到我们手上的航空箱就自己钻了进去，知道可以回家了。看起来也精神了不少，恢复平常的神态。怪不得护士和我抱怨，说他们这几天被白居易打得更惨了。这就是它平常对我的方式。

临走前，医生给我们开了蛋黄粉、补血膏，还有每日半粒的消炎药。相较于看病时的日常开销，这些药便宜得像是免费。我们还预约了半个月后的疫苗，准备补打一遍，一共四针。

那天医院养的白橘猫又被放了出来。它跑到我们脚下，好奇地闻白居易的航空箱。白居易大声地朝它"哈"了一声，像平常那样凶。那只健壮的白橘猫吓到了，被迫悻悻离开……

男友调侃，只有凶才能战胜病魔吗？果然是有传奇色彩的白居易。

除了在沙滩时，走丢一个多月还找到家的壮举，在住院的这几天里，它还把男友右手的手掌蹬破了，蹬出一道四厘米长的口子。

猫瘟主要破坏的是肠胃功能。住院后期它就一直拉肚子，稀屎挂在长毛上。到家后，我们更怕白居易乱吃东西了。伊丽莎白圈对它又无效，只得把它关进猫咪别墅里观察一周。但我们又怕它着凉加剧了腹泻，笼子里就铺上之前小黑没用上的毛绒垫子。

猫咪黑格尔没能用上，猫咪凡·高也没用上，现在总算派上了用场。

一种无可奈何的胜利感，正如早上接猫时的感受。扳回一局是激动的，这个时刻终于到来，却比想象中平静很多。

我们打扫房间的时候，白居易就在大猫笼里不停叫唤。它哪受得了这种待遇！本来就任性，从沙滩的衣柜里解脱出来后，家庭地位进一步提高，更是撒野惯了。我们只得不停安慰它："就一周时间，很快的！"同时也安慰自己，它叫一会儿就累了，就会歇着了……

可谁能想到，战斗力爆表的白居易，真的这样叫了一周。

之前未必注意到的犄角旮旯，此刻又清扫了一遍。已不知是多少次的清扫，还能收拾出黑格尔玩过的瓶盖与小纸团，以及凡·高的玩具老鼠、绒毛球……它藏起玩具的时候，想不到那是永远的分别。

我们扫地、拖地、消毒，再次用紫外线灯照射。视线所见之处，一切继续褪色、消失。

关门的时候，我看见门框边缘凸起的木条上还挂着一绺黑毛，可能是黑格尔乱跑时刷到的吧。

到处都是它们生活过的痕迹，猫在回归平静的生活中，仍留下了涟漪。

趁家里收拾得差不多了，我便去预约好的皮肤科检查手背。我的手背起了很多红疹子。

医生说是湿疹，是过度消毒、沾水导致的。他甚至问我是不是护士。我说不是。最后他给我开了药，让我少沾水。

男友的父母今晚到达北京。让他父母来京，是他在白居易病情好转后做的决定。在此之前，男友从未向父母提起过有女友。我曾以为自己又被骗了。

他对一切都缺乏信任，他说怀疑自己有都市病，爱无能。他喜欢一切都是临时的状态。

所以我也不能完全信任他，而是有条件地、有选择地信任，我们都在学习信任。

可能是因为一起跨过一道坎，他对"临时"有了新的看法。他更认真地与我交流各种事情，变得更为坦诚。

在我看来，他一直是个认真的人，也不缺乏坦诚。他真的想做的事情，只要没痛到在地上打滚，他就会坚持，哪怕做得很慢。但他难以直面自己的认真，他会担心自己不够认真。

这是他最大的障碍。他帮我克服写作的障碍，我帮他克服心理上的障碍。

找到值得信任的认真。不管是人与猫的关系，还是人与人的关系，有多少的"临时"能走向未来呢？

现在，无论这种可能性多大，他似乎都愿珍惜。

男友在父母面前，也像一个怕生的小孩。他父母用从家乡带来的海鲜，做了满满一桌子的菜。我们吃了一顿热腾腾的晚饭。氛围放松，好像很久没有这样了。

他们刚进门时，还走到我们的卧室，面对着货架上的书，愁眉苦脸。他的爸爸教育他说，书太多了。又转过头来，看似吐槽地和我感慨，在宁波老家，还有同样多的一堆书。虽说是埋怨，但脸上又有点儿骄傲。

我们说计划逐步离京，他父母表示没关系，慢慢来就行。不知等到离开北京，把这些书与宁波的挤在一块儿会如何，我难以想象这样的未来。

我突然想起自己的父母。我坚持做了一些事，做了一些失败的尝试。我至今一事无成。

我不知道此刻的自己，有什么值得让他们骄傲的事情。我在寻找自己值得骄傲的部分。兴许上一个让他们骄傲的，还是我几年前的省优秀毕业生证书。

可是接下来呢，我有着怎样的未来？

结婚、离京、工作……我会再帮助流浪猫吗？这都只是生活的侧面，是未来中的一小片。

我仍不确定我的未来，我似乎刚刚开始。

* * *

积水潭的房东打算边卖房边出租。我们确实能继续住着，只是会经常有人来家中看房。他说卖房不影响租房合同继续，可若是新房东想中止，也许只会提前一个月让我们搬走。对家中物品过多的我们来说，难以接受那种突然。原本就想要搬走，种种权衡下，依旧觉得逃离积水潭，逃离这个充满记忆的空间是我们最想要的。让记忆在记忆中继续保留吧。

没想到在离开北京前，我们还有下一站。男友写作上的朋友马彦，终究没来成我们积水潭的家。

猫瘟病毒很顽强，抛开藏有病毒的房子，医生说我们身上也会带病毒，叫我们半年内少见养猫的朋友。虽然病毒可能极其微量。一切只好搬到新家后再说了。

临搬走之前，林熙给白居易下单了一大包猫条，她觉得有些对不起我们。可这不怪她，谁能预知之后发生的事呢？

这份礼物，本是承诺给卡罗的。若真那样该多好。

我们预备搬到北京的城南。搬到积水潭的场景，还历历在目。我们把书堆在"小西天"牌楼下，甚至有风光无两的错觉。我们又要不分昼夜地打包了。

我一点一点掏空这间屋子，把男友的书装进打包箱里。不经意间看到了《钢琴教师》，是我抱着卡罗按摩时读的。因为一直摆在外面，书的封皮没能幸免，已被紫外线照得褪了色。可我还是觉得里面残存病毒，不想再翻开了。它像个有纪念意义的魔盒。男友说那就好好封存吧。他同事正在编校这本书的新版，等出了新的再看。

我便把这本书放下了，塞到箱子的最底下。

我们赔了被猫咪挠坏的沙发，正式搬家。

接连好几个晚上约车，趁着夜深人静，把行李运去新家。有时候站在寒风中等车，看到牌楼上的字，感觉很陌生。电梯上上下下的声音，我会一直记得。有时候坐在车上就睡着了。与上次搬家的心态不同，此刻确实像在灰溜溜地逃走。搬得仓促，有一次还打碎了几个盘子。

搬家过程中，男友的一位作者朋友去世了，才四十多岁。男友说不到两个月前，还和他讨论过作品集的选目。西西则和我说她计划结婚，就这两年，让我到时候回云南玩，还可以看看学校。另外，我听其他同学提起了前男友，说他身体依旧不好，还做了手术。

"什么手术？"我问。

"那我就不知道了。"同学说。

我想起除了养猫外，受过挫折的几件事。比如建筑专业的学习。我曾很喜欢扎哈·哈迪德，因为她是女建筑师，也有老师说我的风格像她。带有弧形的，绚烂又夸张的设计。有次老师把一张纸揉成团，扔在桌上，说这就是建筑。我也信以为真了。

我想起被老师指责结构不行，细部一塌糊涂，可能这些都是真的。其实我一直都知道吧，我确实有这些问题。只是我现在才认清，才逐渐承认自己。

我想起刚到北京时，喜欢男友的一个中篇小说，想拍成短片。小说写的是云南故事。正好有云南朋友筹拍毕业作品，我就自告奋勇去参与，把这个小说拿过去。没想到的是，我赶去云南参与拍摄，他们请了一位商业广告摄影师，很多镜头难以沟通。最后，连录音师都来指责我，整个团队批评我。大家不欢而散。

我总记得是团队协作有问题，但回想起来，我在电影方面，可能确实缺少能力。

这些失败的事都做了一半，我总觉得没有结束，总有一天可以继续。

得知我在尝试写作，有建筑老师鼓励我说，也许我能成为林徽因。因为林徽因是女建筑师,也是女作家。但我不敢期许,我只能做我力所能及的事。

以及我仔细想想,觉得自己还是更喜欢扎哈。虽然大学时对扎哈的理解,现在已记不清多少,只记得扎哈的那张脸和她弯曲的头发。有时候我觉得,她的头发也是一种建筑。潜意识里,我把她作为我的某一个老师,或者灵感的母亲。

我相信我真的热爱过,我相信我仍会热爱。也许无论我做什么,无论我是否失败,仍是最原初的动力让我得以继续。

* * *

搬到新家后,仅剩白居易一只猫。

那些逝去猫咪的骨灰,整齐地摆在书房桌上。男友还在前面摆了一张合影,是黑格尔与凡·高站在窗前,双猫交叉的照片。男友买了一高一矮两个摆件,是两个清水泥做的小雕塑山,显得十分肃穆。被凡·高打碎的瓦猫,我也摆在那儿。摔碎的时候我记得很严重,可后来再看,发现只是摔到了瓦猫脚下的瓦,几乎没伤到瓦片上的猫。我印象里,总觉得是黑格尔摔的,没想到小黑也有为凡·高担责的时候。

我们意外被一个店家询问地址,因为当时投稿了照片,猫咪日历已经做出来了。我们没想到会被留用。投递的照片,正是黑格尔与凡·高在窗前的合影。日历在新的一年到来前送达。我们拆开日历,上面写着:猫、可爱、2021……

我把日历翻到合照的那一页，给白居易看。它凑过来闻了闻，看了我一眼，离开了。

白居易是否清楚那是它的弟弟们？我不知道。

有一次朋友来，看到骨灰前那张温馨的合影，说："它们看起来真的很要好。"

是啊，它们是很要好的朋友。哪怕去世的日子，也是紧挨着的。就像照片中紧挨着一样。

骨灰旁的小抽屉里，装的是前两天才翻出来的猫胡须。从住进积水潭，到离开积水潭，我把猫胡须忘得一干二净。打开盒子，里面只有白居易的胡须。我有些后悔：当初怎么没想到用猫胡须救猫呢？

虽然我知道，在运气之外，观察与知识更为有用，还有勇气与坚持……但我仍有点儿后悔。

由于消费数额名列前茅，我们被宠物医院邀请参加总部的年会，我们是重要客户。但其中的讽刺意味，连医生也能感觉到，邀请的时候暗示不用勉强。我们自然是拒绝了。

那一年春节，我与男友在北京度过。我包了饺子，热了红酒。男友说，很有家的感觉，要是几只猫还在该多好。

* * *

此时的我，准备写《救猫咪》了。

我在《泰坦尼克号》中遇见的小孩，再一次清晰起来。电影进入了现实。我惊诧地意识到，那其实是我自己，是个小女孩。我在自我的写作中，变为了我。我学习水的流动，知道水的涨落并不可怕，水只是水。

写作与电影，是对事件、记忆的拯救，或是最起码的记录。我把逝去的猫的故事，变成文本记录下来。我作为流动的一个环节。

虽然文本越是精美，与猫咪死去的现状，就越形成反差。

我在用我死去的猫咪换一部小说。我依旧在做不可能的事情。我把痛苦变成了小说。

我的写作，到底是在拯救，还是在交换生命？或从某种意义上来说——我是在谋杀。

我是否创造了什么？

刚开始养猫的人、刚找到爱情的情侣、刚开始工作的实习生……每一个不同状态下的新手，在克服相应的难题时，都沉浸在初始的快乐中。可是接下来呢？

当他们真的置身其中，就要面对更复杂，却也更乏味的未来。

当他们懂得更多，最初的快乐会被消耗、磨损。那些原本未知的、需要探索的事情，现在已得心应手，逐渐失去乐趣。这样是好是坏？

就像我从未想过这样了解猫瘟，不想通过这样的方式，去增长所谓的见识。我不想这样去懂得。

可我又不可能不懊恼，为自己的无知懊恼。恨不得早点知道，知道得更多，更细致，那样或许能多救回一只。甚至现在的我，知道得依旧不够多。

都说猫有九条命，可粗心的我在键盘上敲下9时，却不小心敲到了0。

猫比人有活力，猫比人更脆弱。

悲观地看，经验越丰富，对生活越熟练，对应的不是更宽广，而是活得更难，可能性更有限。

如何在有限中，继续活出自在的空间？

我再次想起餐桌上经历过的，成年人的误解与玩笑。我想起表面微笑地接受，心里又暗暗不服气。

我要直面复杂，但我不要乏味，要保持动力。我想要不被减损，有长度地持续下去。

或许写作才是这件事的答案，才是我所能做的真正的反驳。写作《救猫咪》是全面拯救，是救自己，也是救一切……

现在我写完了。我以成年人的方式完成了。

建筑与电影暂时没给我的，写作给了我。不论结果如何，我奋不顾身地写，我要不公平地替猫活下去了。为猫咪写作的同时，我也在被重塑。是猫咪救了我！

现实的残忍在于线性却单向，谁也无法超越，这是它无可战胜的强大。写作自然也不可超越,但写作可以沿着线性,向后流传,在明知不可为中延伸可能。

让写下来的东西去改变生活。无法向前拯救生活,就向后救我的生活。写作就是继续写,继续生活。

* * *

搬到了北京城南,完成写作,又是新的一年。一整年后的新的春节,我们再次留在北京。

年夜饭,我们请了两位朋友来家里。一位是写小说的,一位是音乐人。写小说的朋友带了酒,音乐人则带了朋友的画,画上是一只老虎:虎年快乐!

我一个人列了菜单,一个人做九道菜。开着油烟机时不觉得,等男友挤进狭小的厨房,把菜逐个端出去,我突然感到香气在流动。在北京这个小房子里,很具象地流动,像流转的灯光一样。该不会是我累到眼花了吧?

"这么香,谁能招架啊。"朋友尝了一口,"小张辛苦了。"

我与男友一起坐下,简易的年夜饭开始了。我们围坐在两张小茶几前。朋友们每吃一口,都会感叹我的厨艺。他们不知道,我曾经的黑暗料理多么可怕。

那晚我做了盘锅包肉,东北名菜,是我小时候的最爱,但可能也是最难做的菜。终于摆盘上桌时,我心里长舒一口气。我夹起一块放进嘴里,仿佛尝到了生活的味道。我完成了心里的不可能，至少已自我完成。

我想有一天，我会为我的童年记忆，以及这些美好的东西写作。我喜欢我自己的生活。

只不过在摆盘时，当我用香菜、胡萝卜点缀时，我恍然记起了我的猫。想起猫咪的遗体被摆好，在火化前整理仪容，那些人把鲜花放在僵硬的身子旁。

我当时没有意识到的，男友也没有意识到的——新年钟声响起后的大年初一，2022年的2月1日，正是白居易的五岁生日。它迎来了新的一岁，也与我们一起迎来了新年。

在城南新家的阳台上，我们种了新的植物。延续在积水潭阳台种植物的习惯。

我们买了些新种子，番茄、辣椒、生菜，还有向日葵。等播种时才反应过来，向日葵的种子，不就是没炒熟的瓜子吗？相较于其他种子，它显得很大，可能是用于榨油的品种，没有普通瓜子的硬壳。之前我们没想过其中的联系，只想要个观赏植物。

向日葵长得飞快，不到一周就冒了芽，钻出大约五厘米，躯干带着茸毛。虽然只是小苗，却很粗壮，看起来很有生命力。我仿佛看见它长高后的样子，鲜活的色彩在我眼前交织，花瓣碰撞，似在燃烧……该多么灿烂夺目，多么生机勃勃！

有天北京刚下完雨就出了太阳，晴雨变化在转瞬完成。对面楼墙面的阳光,亮得刺眼。

我到阳台查看植物,见水珠挂在向日葵毛茸茸的躯干上,再次反应过来:

向日葵,是凡·高的热烈。

2021年8月19日,一稿于北京积水潭

2022年9月7日,二稿于北京陶然亭

2024年11月27日,三稿于南京仙林、宁波大碶

弗里达·卡罗

（？—2020.11.28）

母，三花猫

黑格尔

（约2020.3.20—2020.12.3）

公，黑色长毛猫

凡·高

（约2019.11.20—2020.12.4）

公，橘猫

白居易

（2017.2.1—　）

母，白色狮子猫

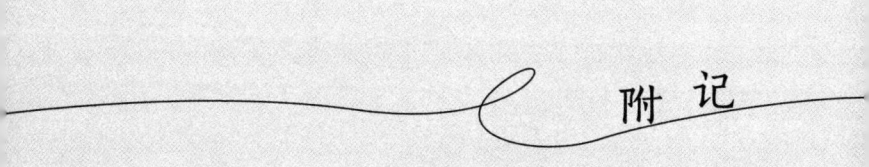

附记

失去过猫的我,还能继续生活吗?
(可是,逝去的猫已经不能。)

附记一

2021年初，积水潭的那套房子被房东收回。我也借机离开那个伤心地，与男友带着白居易搬到北京城南。

那时我认为自己不会再养第二只猫，既没有心血去养，更无法接受再经历猫咪离世的痛。我也许失去了勇气。不过与白居易"独处"了半年后，我的这个想法开始动摇。

白居易性格高冷，会跃到高柜顶上观察房子，只露半个脑袋，一卧就是一整天，怎么叫也叫不下来。有时惹它不高兴，它便对我拳打脚踹。它像一个会独立思考、时常发脾气的人，而不是温柔的猫。

某种想法重新在我脑子里浮现，循环往复，理智却在不停拒绝。

我仍想拥有一只"刻板印象"中的乖猫。

这一年的七八月份，我意外点进北大猫协推送的新消息，是一则领养启事。文中有一只玳瑁猫，因在北大五四操场附近管道里被发现，猫协暂叫它"五四"。

玳瑁猫的脸长得乱七八糟，颜色毫无规律，黑的、黄的、棕的杂糅在一起，像是钻了灶台被燎得深浅不一。

男友说这只奇怪的猫好看。我说好丑。

可兴许是好奇心作祟，最后还是鼓起勇气决定领养。

带它到家后，我们抛弃了之前那套起名逻辑。本着贱名好养活的原则，既然玳瑁猫在古代被称为"滚地锦"，那么我们是否能理解出"地毯"的意思？便为它起名：张大毯。

大毯其实被退养过。那位未曾谋面的领养人家中有一只银渐层，但大毯太活泼，住进去一个月后，将原住民猫活活打瘦了一斤。大毯只是想找朋友玩！

那时领养人为它预定了四针疫苗，钱都已交付完成，才刚打过一针。领养人无奈只好退养，将一切移交。当我们决定领养大毯时，猫协的人一再强调，这是一只会咬人的凶猫！

论凶，谁又能凶得过白居易呢？

果然，大毯到家一个月后，白居易反而长胖了两斤，更像一个毛球了。可能之前住院的经历，让白居易对新到家的朋友不是很有敌意。大毯更是毫无惧怕，到家当天，见到罐头第一秒就大口吃起来了。它认定这就是它自己的家。这种自来熟的感觉，让人既熟悉又心疼。

慢慢相处下来，大毯的性格逐渐清晰，我居然觉得这只小丑猫有些可爱。我喜欢把头埋进它的肚皮里，有股好闻的小鸡味道。虽然它反抗时会用小虎牙咬我的鼻尖，很痛。大毯是一只非常爱玩的猫，会自己找东西玩，会朝你嗲嗲地叫。叫声的意思就是："我想玩逗猫棒（或玩具老鼠、激光笔）……"

有时它实在找不到东西可玩，就会找白居易玩。白居易通常会直接给它几巴掌。但大毯似乎从不知道害怕，即使它是比白居易小很多的猫，哪怕成年后也是很小的一只，论体形是打不过白居易的。大毯受挫也不记仇，仍旧觉得很有意思，追着白居易到处跑。

白居易虽然凶，却也怕麻烦。对于这种不怕猫、不怕打又讨嫌的猫无计可施，只能尽可能地往高处躲，想讨个清静，它要重塑自己的威严……

于是，我们有了两只性格互补的猫。这应该是一次成功的领养，我逐渐找回了勇气。

我们一起在北京城南住了两年多。

附记二

2023年，我终于考上了研究生，但不是电影学院，而是南京的一所大学。我们要转去南京租房生活。

这年，与男友在宁波的新房也装修好了。我们将上万本书邮去宁波，少部分物品寄到南京。9月份退掉北京的房子，约上一辆面包车，带着猫离开北京。

为避开早高峰，我们凌晨4点就出发了，还提前给猫喷了防应激喷雾。

顺便一提，此时我们已经有了三只猫。第三只猫名叫钱猫，是2022年末，从备考电影学院时认识的一位学姐家领养的，一只豹猫。它是只大骨架的猫，毛色近似大毯的黑黄棕，体形与之形成反差。看着很健壮，却非常胆小，尤其惧怕家里的白猫。男友还想过养豹猫欺负白居易呢，完全不现实。不过到底还是有了一只豹猫。

１０月底，我和男友在宁波结婚。婚礼现场，我要求布置了猫的立牌，逝去的，存活的。

又过去了接近一年，夏日南京的夜晚，我与老公在小区散步。走到花园深处，我不过脑地嘬了两下嘴，一只狸花猫猛地从花坛跑出来，奔向我喵喵叫。老公说就像一枚小导弹。它以为我嘬嘴是开饭的意思，绕着我的腿不停转。可我手上没有吃的，只好摸摸它，对它说抱歉。它是一只灰白相间的、很瘦的小狸花猫。

说完再见，我起身与老公一起离开。它却试图跟着，夜色中与我们齐肩前行。下坡，一直到小区的大路上。

所以，接下来连续三天，我都带着猫粮去找它。同样的位置，草丛摇动，它依旧冲出来给我回应。每次都先吃冻干肉，再吃猫粮。吃完回去又是下坡路。它喜欢踩在越来越高的发光的花坛边上，送我们到垃圾桶的位置再回去。我总算认清了标志物。

那段时间，我又开始犹豫。

我一直都很想要一只亲人的猫，可惜家里至今都没有。大毯不算是，钱猫不是，白居易更不是。我很想把这只小猫咪抱回家，揣在怀里带走。它实在太亲人、太聪明了。但之前卡罗那件事，又使得我不得不警惕。

在一天下午，我突然下定决心，给宠物医院打了电话。接着，拿起航空箱和猫条出门了。捕捉的过程很迅速，不一会儿我就带它到了医院。穿过隔离缓冲区，做了呼吸道五项PCR、血常规，以及猫瘟PCR。它看上去很健康，充满好奇，也不排斥任何检查。我们打算先将它寄养在医院至少一周。有了之前的经验，觉得这样能安全些。恰好观察，以及等待送检结果。

当晚，医院发来通知，狸花没有猫瘟——但是携带猫杯状病毒。我失眠了。

我们大致知道"猫杯状"的意思。比起之前肆虐的猫瘟来说，猫杯状算是小病，治愈率很高。可是一旦得上，就会跟随猫咪一生，也有传染给其他猫的风险。确实有朋友收养过这样的猫咪。不过家里猫较少，或原本没有猫的更适合养。

往好处想，医生说目前没有症状。只要猫咪抵抗力一直不错，那杯状就不会发作。就算发作，及时治疗一般也有得救。

可是往坏处想呢？我很难不往坏处想。若我将这只流浪的狸花猫带回家，虽然家中的猫打过疫苗，抵抗力应该都还行，但这……

我明知道有风险，却还是让家中的猫为我承担？又要选择这种自私吗？我好像在把它们往火坑里带。

若把这只狸花猫放归，我所做的算不算是一种弃养呢？两边都是责任。

此时我猛然想起，近一年忙着装修、搬家、结婚，新的加强疫苗还没给家里的猫打。我吓出一身冷汗。

我们在放归、找领养人、自己养之间反复犹豫，不是这种自私，就是另一种自私。我不敢冒着风险去养，也不敢操纵它的命运，去为它分配我所认为合适的领养人。我已经渐渐失去了作为人类的傲慢，不像过去那么冒进了。可我至少要有决定的勇气。

于是最后，我们为它做了内外驱虫，在一个傍晚，带着它重新回到小区花坛边。

打开笼门，它出来闻了闻，随后便欢乐地在草地上打滚。它遇见了朋友，它本来就有朋友呢！是一只白橘猫。两只猫互嗅鼻头，打闹起来。它融入本就属于它的地方，看起来很开心。虽然我们有遗憾，但希望它真的开心。我们离开的时候，它又追出来送了我们。

回家后，我们为家中的三只猫补了今年的疫苗。

不过，那天以后每到晚上，我都会纠结是否去看那只狸花。我的内心一直被牵引着。害怕去看了后，与它产生了更强的联系，又开始不舍、想冒风险领回家……

不去看呢，又害怕它缺粮少水，害怕它某天躺在路中间小憩，被车轧到。会想，它的猫杯状有没有大碍？

我不知道自己是否做了正确的决定。（动物园工作的朋友安慰我们，说这是让猫回到了生态位，她在日常救助中也经常难以抉择。）

这个结局到现在我都是怀疑的,我犹豫。

在救与不救之间,我无法判断,无法给出正确的答案。

2024 年 9 月